거북선 찾기

푸른사상 동화선 02

거북선 찾기

인쇄 2014년 7월 23일 | 발행 2014년 7월 28일

지은이 · 김이삭 글, 최영란 그림
펴낸이 · 한봉숙
펴낸곳 · 푸른사상사
주간 · 맹문재 | 기획위원 · 박덕규
편집, 교정 · 지순이 · 김소영

등록   제2-2876호
주소   서울시 중구 충무로 29(초동) 아시아미디어타워 502호
대표전화   02) 2268-8706~7 | 팩시밀리 02) 2268-8708
이메일   prun21c@hanmail.net
홈페이지   www.prun21c.com

ⓒ 김이삭 · 최영란, 2014

ISBN 979-11-308-0244-2 04810
ISBN 979-11-308-0037-0 04810 (세트)

값 11,700원

푸른사상 동화선 02

거북선 찾기

김이삭 글·최영란 그림

푸른사상
PRUNSASANG

작가의 말

이 지구 푸른 별로 한 아이가 툭! 떨어졌다. 바로 거제도 안에서도 배를 타고 10분 정도 더 들어가는 '칠천도'라는 아름다운 섬으로 유배를 왔다.

토실토실 하도 예뻐 동네 어르신들이 얼굴 한 번 보기 위해 줄을 섰다고 한다. 동화책 각색하기를 좋아해 친구들을 우루루 몰고 다녔다. 공부한 지 십 년 만에 동화가 당선되어 집에서 쫓겨날 위기를 모면했다.

지금은 조용히 있기를 좋아하며, 시집 모으기, 지나다니는 동물에게 말 걸기가 취미이다.

매일 동시집과 놀며 지낸다. 어릴 적 꿈인 탐정을 꿈꾸며 동네에서 일어나는 작은 일들을 탐색하고 다닌다. 하나님께 칭찬 받는 아이로 살고 싶어 노력하며 늘 이 세상에서 가장 귀한 책, 성경 말씀을 주야로 묵상하며 지내고 있다.

친구들, 안녕!
이번에는 동화책으로 여러분과 만나게 되어 기뻐. 이 책 속에 나오는 이

야기는 거제도의 여러 섬 중에서 맏형인 '칠천도' 이야기를 그려낸 것이야.

　　'칠천도' 라는 말의 유래는 옻나무가 많고 물이 좋은 소하천을 상징해 칠천(漆川)이라고 부른 데서 왔어. 지명 유래는 많아. 난중잡록과 원균행상기에는 온라도(溫羅島)로 난중일기에는 온천도, 칠천도, 칠천량(漆川梁) 칠내도(漆乃로島) 등으로 기록되어 있어. 고려 현종 때는 칠천도에 목장을 두었다는 기록이 있을 정도로 넓고 풍요로운 땅이었지. 지금은 포근한 시골 황톳길 사이로 고구마 밭이 지천이야. 옛날 고기잡이로 유명했던 칠천도는 지금은 반농반어민이 주류를 이루고 있으며, 사람들이 자주 오지 않아 청정지역이야. 거제도에 딸린 섬 중 제일 맏형이야. 거제도에 딸린 52여 개의 무인도와 10개의 유인도 중 가장 큰 섬이지. 5백 20여 가구 1천 4백 명의 적지 않은 주민들이 살고 있어. 칠천도에는 연구(蓮龜), 곡촌(谷村) 옥계(玉界), 금

곡(琴谷), 어온(於溫), 장곶(長串), 물안(勿安), 대곡(大谷), 송포(松浦), 황덕(黃德) 10개의 마을이 있어. 그중 8개 마을의 특징을 잡아 상상력으로 이야기로 풀어 보았지. 친구들이 재미있게 봐주기를 바라.

초록 마녀 – 어온마을 : 본래 어온개 또는 어온이라 하였는데 칠천도 옥녀봉이 서북을 막아주고 송진만의 안개에 위치하여 마산을 왕래하는 선창이 있는 따뜻한 곳이라 어온(於溫)이라고 하였어. 이 마을 대나무숲에 어떤 여자가 혼자 살고 있는 이야기를 각색한 것이야.

엉겅퀴 네 마음을 열어봐 – 금곡마을 : 금곡은 칠천도의 서남쪽에 위치하여 곡촌의 아랫마을이고 서남에 화전산(花田山)이 길게 뻗어 있고 뒤의 목이 가야금 모양이라 금곡(琴谷)이라 하였어. 이 마을에는 바다 밭이 많고 청각이 잘 자라. 칠천도에는 대곡에 칠천국민학교와 금곡에 연구국민학교 있었지만 지금은 통합되어 이 곳 금곡에 칠천초등학교가 있어.

타임캡슐을 찾아라 – 장곶마을 : 장곶마을은 거제도와 칠천도 사이 430m의 바닷가에 나루터가 있는 땅끝이라서 장곶이라 하였고 3개 법정리

에 10개 행정리와 칠천출장소가 설치되었지. 차도선(車渡船)을 운항하였으나 2000년 1월 1일에 칠천연육교가 놓아졌어. 일명 장안이라 부르기도 해. 바다 건너 등대가 보이고 작은 섬이 보여. 위 바위를 용의치라 해. 아주 먼 옛날 천 년 된 용과 매미가 바위 위에서 하늘나라로 승천하기 위하여 싸움이 붙었어. 싸움은 여러 날 동안 계속 되었지만 판가름이 나지 않았지. 남의 일에 참견을 잘하는 어느 여인이 용과 매미의 싸움이 오래 가는 것이 못마땅하였던지 부둣가에 나와서 고래고래 고함을 질렀어. 미친 듯이 소리치는 여인의 소리에 부정을 탄 용과 매미는 승천하지 못하고 바다에 떨어져 섬이 됐었지. 매암섬 근처에는 독해파리가 많으며, 장곶마을 아이들은 수영을 잘해 자주 매암섬까지 헤엄쳐가는 경기를 자주 했어.

해파리 특공대 – 황덕도 : 대곡의 서쪽바다 황덕도의 섬마을로 면적 0.2km²로 숲이 울창하여 크고 작은 노루가 살아 누른덕 또는 노인득도라 하여 황덕도(黃德島)라 하였어. 황덕도 주변에는 독해파리가 많아. 그 이야기를 써보았어.

새엄마는 감꽃요정 - 물안마을 : 물안마을은 본래 물안개 또는 몰안개라 하였는데 이는 송진만에 접하는 칠천도의 안개라는 뜻이며, 서북에 구등산이 막아 바다가 잔잔하여 편안한 갯마을이라는 뜻이야. 마을 가쪽에 옆개해수욕장이 있는데 원래 이곳은 칠천량해전 때 원균이 전사한 곳으로 되어 있으나 그것도 명확하지가 않아. 이 동화는 2003년 태풍 '매미'로 피해를 입은 한 집의 이야기로, 몇 년 전부터 다문화가정이 많아진 섬마을 사람들의 이야기를 다루고 싶었어.

형아는 큰 나무 - 송포마을 : 칠천도의 최북단에 위치하여 본래 솔개라 하였는데 송림(松林)이 울창하여 송포(松浦)라 하였어. 마을 앞 작은 섬에는 왜가리가 많이 살았고, 해안가에는 아주 오래된 모감주나무가 한 그루 있어. 솔개 북쪽에 숫돌이 나는 산이 있는데, 숫돌배미산이야. 평소에는 물이 있어 건너지 못하지만 물때가 되면 걸어서 갈 수 있도록 바닷길이 열리지. 이 동화는 어떤 할아버지 손자 이야기를 각색한 것이야.

꼬마 어룡 푸푸 - 곡촌마을 : 옥녀봉 밑의 깊은 골짜기에 위치하여 본래 골애마을이라 하였으니 곡촌(谷村)으로 하였어. 옻나무가 많으며, 소하천

이 있어. 칠천도에서 제일 작은 마을로, 금곡과 연구마을 사이에 있어. 이 소하천에 생물이 살았던 것으로 추정하고 푸푸를 탄생시켜 보았어.

마루와 우레 – 대곡마을 : 칠천도의 서북단에 위치하여 본래 한실이라 하였는데 옥녀봉 밑 큰 골짜기 큰 마을이라 하여 대곡(大谷)이 되었어. 예전에 칠천국민학교가 있었는데, 통합되면서 지금은 부산대학병원 연수원으로 사용하고 있어. 섬에 유일하게 대곡사라는 절이 있어. 그것을 바탕으로 동화로 꾸며보았어.

어때?

'칠천도' 한 바퀴 구경한 느낌이지? 이 다음에는 소개하지 못한 '칠천량 해전'이 나오는 옥계마을과 연구마을도 소개할게.

끝으로 한 권의 책으로 만나게 해주신 푸른사상사 한봉숙 대표님과 맹문재 주간님, 박덕규 선생님, 뒷표지 글을 써주신 권영상 선생님 그리고 편집을 맡아주신 편집부 선생님들께 감사드립니다. 이 모든 영광 주님께 올립니다.

차례

초록 마녀와 민솔이는 어떤 사이인가요?

초록 마녀

1

"피융!"

동네 아이들 몇 명이 모여 폭죽을 터뜨리고 있다.

"우와! 짱이다!"

까만 어둠 속에서 폭죽이 접시꽃처럼 터졌다. 민솔이는 서러움이 함께 터져 나오는 것 같았다. 당산나무 밑을 지나오다 초록 마녀를 만났다.

초록 마녀는 바다 밑으로 연결된 낮은 산에 집을 지어 혼자 산다. 가끔 혼자 중얼거리며 소리를 지르고, 낫으로 아이들을 위협하기 때문에 동네 아이들은 초록 마녀를 보면 피해 달아났다.

"헤헤."

초록 마녀가 낫을 들고 민솔이에게 다가왔다. 민솔이는 무서워 발이 땅
에 붙어버린 것 같다.

"어, 어!"

초록 마녀가 무언가를 민솔이 옆으로 던졌다. 민솔이는 무서워서 눈을
감고 말았다. 눈을 떠보니 죽순이었다. 민솔이는 쏜살같이 선창가로 뛰었
다. 서낭당 당산나무에 걸린 달이 어느새 섬마을을 환히 비추고 있다. 복
어 말리는 냄새가 바람을 타고 코끝으로 스며들었다.

"민솔아! 여기."

혁이가 민솔이를 불렀다.

"휴우 다행이다."

혁이를 만난 민솔이는 안도의 한숨을 쉬었다.

"왜 이리 늦었니?"

"응, 서낭당 지나오다 초록 마녀를 만나……."

민솔이는 헐떡이며 말했다.

"초록 마녀, 불쌍한 사람이다."

혁이가 말했다.

"그래도 무서워. 너, 초록 마녀 얘기 들어봤니?"

"응, 우리 할아버지가 그러셨는데 오래전에 초록 마녀 집에 불이 났대. 그때 놀러온 친구가 죽은 후……."

"진짜, 그래서 이상하게 되신 거니?"

"몰라. 만날 친구 이름 부르며 겨울에도 바다로 뛰어든다고 해."

"참 불쌍타……."

둘이는 선창 끝에 앉아 바다에 발을 담근다. 발끝이 시원해져 왔다. 다른 아이들은 폭죽이 떨어지자 물수제비뜨기 놀이를 했다.

납작한 돌멩이가 바다 위를 퐁퐁 건너간다. 돌멩이가 닿은 부분에 빛가루가 '반짝'이며 보이다 금방 사라졌다.

"잠이 와서 안 되겠다, 그만 가자. 너, 내일 채영이랑 시합 있잖아."

"맞다, 어서 가자!"

민솔이와 혁이는 집으로 향했다.

2

"민솔아, 뭐하니? 아이들 다 모였다. 빨리 가보자."

혁이가 민솔이를 불렀다.

"벌써? 알았어."

"잘해 솔아! 이번 '거북선 찾기' 15대 짱은 너야!"

혁이가 민솔이에게 손가락으로 승리의 브이를 보였다. 이 섬 아이들은 오래전부터 내려오던 일명 '거북선 찾기' 짱을 뽑고 있다. 이 놀이의 유래는 임진왜란과 정유재란 때로 거슬러 올라간다. 1597년 임진왜란과 정유재란 당시 왜군에 맞서 싸운 격전지가 이곳이다. 섬 사람들은 유일하게 우리 수군이 패한 이곳에 거북선이 묻혀 있다고 믿고 있다. 해마다 현충일이 되면 나라에서 해군을 파견해 거북선을 비롯하여 임진왜란 유물 인양작업을 했다. 어쩌면 부끄러운 역사를 씻기 위해 이 섬마을 아이들 사이에서 내려오는 놀이인지 모른다. 이 섬에서 나고 자란 아이들은 이 대회에서 뽑힌 짱을 아주 자랑스러워한다.

"알았어!"

민솔이는 선창으로 뛰었다. 선창에는 아이들이 벌써 와 있다.

"두고 보자 머슴아들! 여자라고 놀렸지……."

민솔이는 주먹에 힘을 준다.

"계집애가 앵꼽다."

옆동네 옥계마을 명수가 민솔이를 비꼬았다.

"뭐가 앵꼽노? 너희들 시합 끝나고 보자."

민솔이가 큰소리쳤다.

"자, 그럼 배 밑에 들어가서 해삼과 소라를 가장 많이 가져오는 사람이 이기는 거다."

혁이가 말했다.

"알았다."

민솔이와 장곶마을 대표 채영이가 자신 있게 대답했다.

"자, 그럼 시작한다. 시땅!"

혁이가 손 마이크를 하며 소리친다. 드디어 시합이 시작되었다.

"채영이, 이겨라!"

"민솔이, 이겨라!"

아이들은 큰 소리로 응원했다. 오늘 경기는 선창에 묶인 배 중에서 가장 큰 배 밑으로 잠수하여 해산물을 가장 많이 따오는 사람과 거북선의 조각이라도 찾는 아이가 이기는 경기이다.

'여자라고 깔보기만 해봐! 가만히 두나.'

민솔이는 주먹에 힘을 주었다. 그러는 사이 채영이가 먼저 물속으로 풍덩 뛰어들었다. 민솔이도 채영이를 따라 물속으로 뛰어들었다. 점심을 먹은 후라 바닷물이 따뜻했다.

'올해는 왜 이렇게 물이 따뜻하지?'

민솔이는 있는 힘을 다해 배 밑을 왔다 갔다 하며 소라를 찾았다.

'어! 저게 뭐지?'

민솔이는 소라를 찾다 물살이 빙글빙글 도는 것을 보았다. 호기심 어린 눈으로 가까이 갔다. 민솔이가 가까이 다가가자마자 물살은 더 세게 소용돌이쳤다. 그러더니 강한 물살이 민솔이 팔을 잡아당겼다.

"악!"

민솔이는 너무 놀라 소리쳤다. 소용돌이에 몸이 점점 휩쓸려 빨려 들어갔다. 두 눈이 뱅글거리고 머리가 어질어질 멀미가 났다. 그리곤 정신을 놓아버렸다.

한편 채영이는 그물망에 소라, 꽃게, 전복, 해삼을 가득 담아 물 위로 올라왔다. 한참이 지나도 민솔이가 올라오지 않았다.

"민솔이에게 무슨 일 있는 게 아닐까?"

채영이와 응원하던 친구들이 걱정을 했다. 따온 해산물을 두고 채영이가 잠수를 했다. 배 밑을 아무리 뒤져도 민솔이가 보이지 않았다. 한참을 수색하던 채영이는 물 밖으로 다시 올라왔다.

"아무리 찾아도 없어!"

채영이의 말에 아이들은 두 발을 동동거렸다. 한참의 시간이 흘렀다.

"철퍼덕!"

물속에서 번개같이 초록 마녀가 민솔이를 안고 올라왔다.

"와!"

아이들이 박수를 쳤다. 초록 마녀는 민솔이를 선창에 누이고 물기 젖은 몸을 틀며 사라졌다. 민솔이는 아직 깨어나지 못했다.

"뻬뽀 뻬뽀!"

소식을 듣고 구조차가 왔다. 그날 경기는 민솔이의 행방불명으로 끝나고 말았다.

3

비가 갠 화창한 날이다.

"이기라도 달고 나오지. 쯧쯧."

마당에 고추를 널던 할머니가 민솔이를 보며 혀를 찼다.

'남자가 뭐가 좋다고…….'

민솔이는 입을 복어 배처럼 내밀었다.

"남자는 서서 오줌을 안 누나. 시원하게."

아랫집 아기가 물총을 쏘듯 오줌을 누는 걸 할머니는 넋을 놓고 보고 있다.

'에이그, 고추나 하나 만들어놓고 가지…….'

할머니는 길게 한숨을 쉬었다.

"나도 서서 오줌 눌 수 있어!"

민솔이는 뒤란에 가서 서서 오줌을 누었다. 잘 발사된다 싶더니만 오줌

이 그만 바지와 신발을 적셨다.

"하하하! 내가 우리 민솔이 때문에 못 산데……."

할머니는 허리를 잡고 웃었다.

민솔이는 부끄럽고 화가 나 묏등으로 후다닥 올라갔다.

"너 여기서 뭐 하니?"

황매화집 할아버지가 민솔이에게 말을 걸었다.

"……."

"솔아, 너를 보니 돌아가신 네 엄마 생각이 나는구나. 네 엄마도 너처럼 씩씩한 아이였는데……."

"우리 엄마를 아세요?"

"그럼, 이 할애비가 이래봬도 칠천국민학교 교장이었단다. 지금 네가 다니고 있는 학교는 연구국민학교였고, 네 엄마가 다닌 학교는 한실에 있는 칠천국민학교였단다. 지금은 합쳐졌지만……."

"그래요?"

"네 엄마는 어릴 적부터 공부도 잘하고, 자맥질도 아주 잘했단다. 분이가 사고를 내기 전에는……."

민솔이는 궁금하여 귀를 쫑긋 세웠다.

"분이가 누군데요?"

"응, 저 산에 사는……."

"예? 그럼 ……초록 마녀가 우리 엄마 친구라고요? 그럼 놀러갔다 사고를 당한 친구가……."

"솔아, 이다음에 이 할애비가 차근차근 얘기해줄게. 오늘은 바빠서……."

황매화집 할아버지는 당황해 하더니 급하게 산등 밑으로 내려갔다.

"엄마……."

민솔이는 오늘 낮에 들은 얘기 때문에 잠을 이룰 수가 없었다. 저녁 무렵, 방에서 자고 있는데 아버지의 목소리가 크게 들렸다.

"어무이, 우리 뒷산 팔아 자동차 한 대 사도록……."

"야가, 지금 제정신이가? 그 땅이 얼마나 귀한 땅인데 파노. 자동차는 사서 뭐 할끼고? 그기라도 가지고 있어야 누가 시집을 오지. 쯧쯧."

"어무이……."

"됐다마, 고마해라. 그 일은 없던 것으로 해라!"

할머니는 아버지 말꼬리를 자른 채 자리에 누웠다.

4

"퐁퐁!"

민솔이는 애니팡 게임에 빠져 휴대폰을 두드리고 있다.

"기집애가, 또 그 짓이네, 쯧쯧."

할머니는 짜증이 섞인 목소리로 말했다.

'할매는 만날 나만…….'

민솔이는 투덜거리며 묏등에 매여 있는 염소에게 갔다.

염소 목에 줄이 친친 감겨 있었다.

"에그, 바보같이……."

민솔이는 엉킨 줄을 풀어주었다. 얼마나 발버둥을 쳤는지 염소 목에는 털이 빠져 있었다. 민솔이는 염소를 안으며 울었다.

"이 바보야……."

민솔이는 한참 울다 대숲을 바라보았다.

'엄마…….'

민솔이는 한 번도 보지 못한 엄마를 생각했다.

'엄마에게 왜 그런 일이 생겼을까? 초록 마녀는 왜……'

민솔이는 혼란스런 마음으로 하늘을 쳐다보았다.

어둠이 거뭇거뭇 마을로 내려앉고 있었다. 먹이를 찾아 나갔던 새들이 푸루루 대숲으로 몰려들었다.

"따르릉!"

전화가 울렸다.

저녁을 준비하던 할머니가 전화를 받았다.

"야아……."

할머니는 무슨 안 좋은 일이 있는지 힘없이 수화기를 놓았다.

"할머니, 무슨 일입니까?"

언니가 놀라서 물었다.

"아이고…… 기어이……."

할머니는 가슴을 마구 쳤다.

"그 땅이 어떤 땅인데……."

할머니는 넋이 나간 사람처럼 중얼거렸다.

'아빠가……'

민솔이는 속상한 마음에

집을 나왔다. 혁이네 집으로 향했다.

"혁아!"

민솔이가 창문 밑에서 혁이를 작게 불렀다.

"왜?"

"너희 집에 성냥 있니? 있으면 내 따라온나!"

저녁을 먹던 혁이가 대왕문어 같은 눈을 하고 나왔다.

"너희 집에 무슨 일 있니?"

"아니, 그냥……."

민솔이는 손에 힘이 없고 몸에 있던 모든 것들이 빠져나가는 기분이 들었다. 민솔이와 혁이는 물이 빠진 모래사장으로 향했다.

"성냥 주 볼래?"

민솔이가 손을 내밀었다.

"여기, 있다."

"우리 전에처럼 바다풀 불놀이 하자!"

민솔이가 소리쳤다.

"옳지, 저기가 좋겠다!"

민솔이는 성냥개비에 불을 붙여 바다풀 밭에 질렀다. 순식간에 바다풀 밭에 불이 번져갔다.

"우와! 짱이다!"

민솔이와 혁이는 활활 타는 바다풀 밭을 보며 소리 질렀다. 민솔이는 마음속에 있던 응어리 같은 것도 태워버리고 싶었다.

"솔아, 우리 굴 구워 먹자?"

"그럴까?"

"집에 갔다 올게. 조금만 기다려."

혁이는 말을 끝내기도 전에 집으로 갔다.

"빨리 와!"

민솔이는 한참 동안 말없이 불길 속을 바라보았다. 민솔이는 따뜻한 불길에 졸음이 몰려왔다. 시간이 조금 흘렀다. 바람이 심하게 불었다. 바다풀 밭에 불씨가 번져 바다 밑으로 연결된 산으로 옮겨갔다.

"아, 아니!"

잠에서 깬 민솔이는 놀라 어지러웠다. 불은 바람을 타고 자꾸만 커져갔다. 불은 산 전체를 잡아먹으며 괴물처럼 변해갔다.

"타닥! 타닥!"

대나무 터지는 소리가 요란했다. 민솔이는 무서워 바들바들 떨었다.

"소, 솔아!"

달려온 혁이가 놀라 가져온 굴을 다 쏟았다. 민솔이와 혁이는 계속 불을 끄려고 했지만 불은 더 크게 번졌다. 초록 마녀가 살고 있는 집으로 번졌다.

"불이야! 불이야!"

산에 불이 붙은 것을 보고 동네 사람들이 뛰어왔다. 모두들 양동이에 바닷물을 퍼다 날랐다. 초록 마녀의 집은 불길에 더 휩쓸렸다.

"아이고 우짜노? 아무래도 분이가 또 불을……."

아랫집 아주머니가 말했다.

민솔이는 고개를 푹 숙였다. 온몸이 얼음처럼 굳어버렸다.

"아이구, 불쌍한 사람……."

동네 사람들이 발을 동동 구르며 초록 마녀를 걱정했다. 한참 만에 소방차가 와 불은 꺼졌지만, 초록 마녀 집과 대나무와 울창한 숲은 잿더미로 변해버렸다.

"이 일을 우째……."

황매화집 할아버지가 힘없이 말했다.

"그런데 너희들 이 시간에 여기 왜 있니?"

혁이 할머니가 심문하듯 쳐다보았다. 혁이는 얼굴이 하얗게 변한 채 고개를 숙였다.

"저……."

민솔이는 말끝을 흐리고 말았다.

"자 모두 욕 봤데. 분이 행방은 내일 찾기로 하세."

한 아주머니가 동네 사람들을 설득했다.

"그랍시다."

동네 사람들이 모두 돌아갔다.

"불쌍한……."

할머니는 불에 탄 산을 한참이나 바라보았다.

"내가 오래 살아 못 볼 껄 많이 본대이. 흑흑……."

할머니의 목소리가 낮게 흔들렸다. 눈물이 주르륵 할머니의 볼을 타고 내려왔다. 여태껏 할머니의 이런 모습을 본 적이 없는 민솔이는 너무 미안했다.

"할매, 흑흑……."

"아까는 할미가 심했제?"

"아니예."

"어여 가자, 별일 없을 끼다……."

"솔아, 간다."

혁이도 많이 놀랐는지 얼굴이 핼쑥하다.

"응. 미안해, 나 때문에……."

민솔이는 얼굴을 들 수가 없다. 발걸음이 떨어지지 않았다. 자꾸만 불이 꺼진 산을 쳐다보았다. 타닥타닥 대나무 터지는 소리가 민솔이를 따라왔다. 죽순을 캐던 초록 마녀 웃음소리도 자꾸만 들리는 것 같았다. 바람을 타고 불씨가 다시 번질 것만 같아 불안했다.

'엄마 도와주세요. 불쌍한 친구 살려주세요. 제발……'

민솔이는 마음속으로 간절히 기도했다.

"파드닥!"

시커먼 그림자가 민솔이네 집 앞에 있다.

"누고?"

할머니가 어둠 속을 향하여 말했다.

"헤헤."

초록 마녀였다.

"아이 자네?"

할머니는 반가움에 초록 마녀 손목을 잡았다. 초록 마녀 얼굴은 까만 크레파스로 낙서를 한 것 같다. 민솔이를 보며 싱긋 웃었다.

민솔이도 눈물을 훔치며 씩 웃었다.

"퍼떡 우리 집으로 가세."

할머니의 목소리가 어둠 속에서 크게 들렸다.

'엄마, 고마워요.'

민솔이는 하늘을 쳐다보며 싱긋 웃었다. 불꽃으로 인해 검은 연기가 타오르던 하늘은 이제 맑아졌다.

"할매, 아빠도 용서해줘요. 아마 아빠도……."

"그려, 그려. 우리도 니 아빠 모는 차로 칠천도 한 바퀴 돌아보자꾸나. 흐흐흐."

할머니 발걸음이 빨라졌다. 초록 마녀도 생글생글 웃으며 앞서 걸어갔다.

할머니가 주고 간 마지막 선물은 무엇일까요?

엉겅퀴, 네 마음을 열어봐

햇볕이 침을 주는 듯 따갑게 내리쬐는 산비탈을 지났다. 실잠자리 떼를 따라 뛰었다. 밑으로 보니 바다 밭에서 청각을 뜯는 할머니가 보였다.

"할매, 나 영어 백 점 맞았어."

"뭐라고?"

할머니는 내 말이 들리지 않는지 귀를 곤두세웠다.

"에이 비이 씨이 백 점~"

나는 답답하여 바다로 내려갔다. 비릿한 바다 냄새가 바람에 실려왔다.

"백 점 맞았다고."

나는 손나발을 했다.

"오, 우리 강생이 장하다 장혀. 할미 앞에서 한번 외워봐."

할머니는 청각이 가득 담긴 소쿠리를 놓고 나를 안아주었다. 할머니 몸에서 청각 냄새가 났다. 나는 아기 물까치같이 빙그레 웃으며 알파벳을 외우기 시작했다.

"에이 비이 씨이……."

"어이구! 장한 우리 강생이 참 잘한다. 잘혀. 이제 코쟁이 만나도 걱정 없겠네. 허허."

할머니는 손뼉을 치며 좋아했다.

"콰르릉 쾅!"

하늘이 어둑해지더니 천둥이 쳤다. 후두둑 비가 내리기 시작했다. 할머니와 나는 청각 소쿠리를 이고 집으로 달렸다.

"형님, 언제까지 이 시골에서 살 거요? 우리 선산 팔아 도시에 가서 삽시다. 같이 사업도 하고……."

"무슨 소리 하노. 조상 대대로 내려오는 선산을 왜 파노? 언제까지 뜬 구름 잡으며 살 꺼고? 제발 정신 좀 차리거라."

집 앞에 다다르니 아빠랑 삼촌이 말다툼하는 소리가 담장을 넘어왔다. 할머니는 말없이 소쿠리를 놓고 방으로 들어갔다.

"할매, 뭐해?"

나는 말없이 방에 들어간 할머니에게 다가갔다.

"내가 빨리 죽어야지. 다 내가 오래 살아 자식들 싸우는 꼴 보고, 영감~
흑흑……."

할머니는 또 할아버지 영정 사진을 안고 우셨다.

"할매, 울지 마!"

"그래그래. 우리 강생이."

할머니는 내 손을 꼭 잡고 울음을 멈추려고 애썼다.

눈부신 햇살이 언덕에 가득한 날이다. 하얀 갓을 쓴 엉겅퀴 갓털에 나는
내 마음을 온통 빼앗긴 상태였다. 엉겅퀴를 보면 꼭 나를 보는 것 같다.
마음은 아닌데 늘 친구들을 향해 가시를 세우는 나를 보게 된다.

"탈탈탈 끼익!"

잘 내려오던 감골 할아버지 경운기가 사고를 내고 말았다.

"연두야, 위험해!"

나를 구하려다 할머니가 둑으로 미끄러졌는데 그만 경운기가 할머니에
게 굴러 떨어졌다. 나도 머리를 많이 다쳐 한참 지난 다음에야 집으로 왔
다. 예전의 모습과는 많이 달라졌다.

'할매!'

아무리 불러도 할머니는 집 어디에도 보이질 않았다. 나는 아직도 믿을 수가 없다. 지금이라도 연두야, 하며 나타날 것만 같다.

　'할매, 나 왔어.'

　엄마 몰래 큰방 문을 열었다. 먼지가 폴싹이며 문지방에서 일어났다.

　'어휴, 이 먼지. 할매, 연두가 세수 시켜줄게.'

　나는 노란 손수건으로 할머니 사진을 닦았다. 땟국물이 자르르 흐르던 할머니 얼굴이 새잎 난 감나무 이파리처럼 깨끗해졌다.

　"여자는 곱게 가꾸어야 혀."

　할머니 목소리가 살아나는 것 같다. 할머니가 다시 돌아올 수 없다는 걸 알면서도 난 이 방을 떠날 수 없다.

　"정말 큰일이에요. 벌써 일 년째 말을 하지 않아요. 그렇게 좋아하던 영어 교실에도 가지 않고……."

　마루에서 엄마가 아빠에게 하는 말이 들려왔다.

　"아직 실감이 나지 않아서 그럴 거야. 시간이 지나면 차차 나아지겠지. 의사 선생님도 시간이 필요하다고 했잖소."

　아빠가 엄마를 위로했다. 난 괜찮은데 엄마 아빠는 나 때문에 걱정이다.

　"너, 또 이 방에 있었어?"

　언제 오셨는지 엄마가 방문을 활짝 열었다. 나는 놀라 구석으로 콩벌레처럼 몸을 웅크렸다.

"어휴 이 먼지!"

엄마가 코를 막으며 작은 청소기와 걸레를 들고 왔다.

"윙잉~"

버튼을 누르자 작은 청소기가 먼지를 맛나게 먹기 시작했다.

"그렇게 이 방이 좋니?"

"……."

나는 '네, 엄마.' 하며 말하고 싶은데 입 밖으로 말이 나오질 않는다.

"연두야, 사람은 영원히 살 수 없는 거란다. 나이가 들어 병들어 죽기도 하고 안타깝게도 사고를 당해 죽기도 해. 할머닌……."

엄마는 말을 하려다 또 눈물을 훔친다.

'엄마, 나는 괜찮아요.'

나는 씨익 웃으며 말하고 싶은데 말문이 열리지 않는다.

엄마는 한참동안 말없이 구석구석 청소를 했다.

"어머나, 이게 뭐야?"

청소를 하던 엄마가 소리쳤다. 나는 놀라 엄마 가까이 갔다. 엄마가 장롱 위에 있던 작은 옹기화분을 가리켰다.

"정말 신기하다!"

엄마가 또 소리쳤다.

"연두야, 글쎄 할머니가 입원하던 날 있지. 할머니 머리카락에 하얀 것

들이 군데군데 묻어 있었어. 자세히 보니 엉겅퀴 갓털이었어. 갓털을 하나하나 떼어 무심결에 화분 위에 놓았는데……."

'어디, 어디?'

가까이 보니 엉겅퀴가 어느새 보랏빛 꽃을 다 틔우고 갓털을 모으고 있었다.

엄마는 무슨 기적이 일어난 것처럼 좋아한다.

난 엉겅퀴를 보는 순간 느꼈다. 내가 힘든 시간을 보내는 동안 엉겅퀴도 열심히 살아냈다는 것을. 또 한 가지! 할머니가 주시고 간 마지막 인사라는 것을. 날마다 작별인사 하지 않고 갔다고 쓴 내 일기장을 훔쳐보셨나 보다.

"연두야, 엉겅퀴 씨를 찬찬히 봐! 작은 새들이 모여 사는 것 같지 않니? 보라색 꽃이 자라 엄마 품을 떠나갈 때가 되면 이렇게 작은 새가 된단다. 아기 꽃씨를 보호하려고 잎사귀에 가시가 있는 거지. 이 할미도 나이가 들어 새가 될 준비를 해야 한단다. 언제 하늘나라로 가야 될지 모르기 때문이지. 하늘나라에 가려면 착한 새가 되어야 한단다."

"할매 정말이야? 하늘나라 가려면 꼭 착한 새가 되어야 하는 거야?"

"그래, 우리 착한 강생이. 믿음으로 아버지 품으로 가지만, 가서 잘했다 칭찬받아야겠지."

"하하하~ 허허허~"

그때는 몰랐는데, 우리 할머니 정말 착한 새가 되어 하늘나라에 가신 걸까? 할머니가 좋아하던 이 엉겅퀴 갓털도 새가 되어 날아간 걸까? 아님 아직 작별인사를 하지 못한 씨만 남아 핀 것일까?

"사박사박~"

창문을 여니 함박눈이 내리고 있었다.

'우와!'

눈을 보니 할머니가 내게 보내는 편지가 아닐까 생각했다. 그래서 난 곧장 할머니에게 보낼 답장을 썼다.

할매!

할매 가고 처음으로 쓰는 편지야.

이 편지는 답장이야. 할머니가 먼저 편지 보냈으니 꼭 읽어봐?

아빠는 예전처럼 예배도 드리지 않고 잘 웃지도 않아. 그래서 걱정이야.

"어무이가 참 좋아하던 함박눈인데……."

엄마는 창밖으로 펑펑 내리는 눈을 보다 울음을 터뜨리고 말았어.

지금 생각하니 나도 눈물이 나오려고 하네.

할매, 할매는 내 마음속에 늘 있는데 말이야.

봐, 지금 웃고 있잖아. 그지?

할매 생각나? 우리 동네 친구들 전학 온 나 놀리다가 학교 마치고 돌아오는

길 우리 집을 지나오잖아.

"누가 우리 연두, 울렸어?"

할매가 긴 장대 들고 보디가드처럼 서 있으니

녀석들 벌벌 떨며 며칠을 지름길 두고 산을 넘어 학교에 간 일 기억나?

훗훗, 그때를 생각하면 친구들한테 미안하기도 하네.

사실 친구들 참 좋은 아이들이었는데 우리에게 시간이 필요했던 거야.

날카로운 가시 너머에 향기로운 엉겅퀴꽃이 있듯이 내 마음을 열어 보일거야.

그러면 친구들도 하나둘 다가오겠지?

할매가 없었더라면 난 어떤 아이였을까?

할매 정말 고마워.

할매, 하늘나라는 어때?

이렇게 눈이라도 좋으니 자주 편지 해.

참, 할매! 나 예전처럼 말할 수 있게 도와줘.

나 이제 주일학교도 빼먹지 않고 나갈 거고, 친구들이랑 놀고 싶고, 이제 숨지 않을래.

의사 선생님이 그러셨어.

처음부터 다시 천천히 시작해야 한다고. 예수님은 우리를 응원해주시고 무거운 짐을 들어주시는 분이라고.

봐, 할매.

"가~ 나~ 다~"

잘하지?

나 꼭 할 수 있을 거야.

도와줘! 할매.

추운 겨울을 잘 견디면 봄이 내게 손을 내밀어주겠지?

이제 봄이 오면 어엿한 사학년이야.

이제 친구들에게 내가 먼저 다가갈거야.

내가 자는 동안에도 할매 응원해줘. 약속!

일기를 쓰다 밖으로 달려나갔다. 천천히 걸어서 등대가 보이는 선창으로 향했다. 눈이 내리는 바다는 참으로 멋졌다. 눈이 내리는데도 갈매기 몇 마리가 날고 있었다. 나는 갈매기를 보며 소리쳤다.

'갈 매 기 야, 안 녕 나, 연 두 야!'

"그래, 연두야 우리가 응원해줄게. 힘내! 끼룩끼룩."

왠지 갈매기가 나를 응원하는 것만 같았다. 손에서 열이 나고 힘이 샘솟는다.

2010년 기독신춘문예 수상작

준이는 왜 전학을 안 가기로 마음을 정했나요?

타임캡슐을 찾아라

울타리 너머 능소화가 비바람에 떨어져 있다. 꽃방석을 깔아놓은 것 같다.

"준아, 지금 용기랑 다른 애들 다 모였다. 빨리 가자!"

자전거를 타고 온 어온마을 민솔이가 평상에서 자고 있는 준이를 깨웠다. 민솔이랑 준이는 같은 반 단짝이다.

"벌써? 알았다."

"나 대신 오늘, 경기 잘해야 된다."

민솔이는 15대 짱 대회에 나가지 못해 조금 아쉬웠다. 작년 이후 첫 생리가 시작되고부터다. 그래서 경기를 포기했다.

"응!"

준이는 선창으로 뛰었다. 선창에는 옆 동네 골목대장 정석이와 정석이를 따르는 명수, 동렬이, 제명이도 벌써 와 있다.

'두고 보자!'

준이는 주먹에 힘을 준다.

"너그들, 따라가는 배 없어도 되겠나? 오늘 구판장 아저씨가 없어 배를 못 구했다."

동렬이가 걱정스럽게 말했다.

"개안타!"

준이와 정석이가 자신 있게 대답했다.

"자, 그럼 시작한다. 시땅!"

채영이가 손나발을 하고 소리쳤다. 드디어 시합이 시작되었다.

"이겨라! 정석이 대장!"

"이겨라! 준이!"

아이들은 서로 자기가 좋아하는 친구를 응원했다.

오늘 경기는 칠천량 선창가에서 300미터 떨어진 매암섬까지 헤엄쳐가기이다. 올해는 경기 내용이 조금 바뀌었다. 매암섬 꼭대기에 묻어둔 타임캡슐을 가져오는 사람이 이긴다.

14대 짱은 정석이다. 바다에서 수영을 잘하기로는 준이가 최고였다. 하지만 재작년 시합에서 준이는 몸이 좋지 않아 지고 말았다. 그래서 이번 시합은 준이가 특별하게 신청한 경기이다.

정석이가 먼저 물속으로 풍덩 뛰어들었다. 준이도 정석이를 따라 물속으로 뛰어들었다. 점심을 먹은 후라 바닷물이 따뜻했다. 빗해파리들이 화려한 촉수를 나풀거리며 다가왔다.

'올해는 와 이리 해파리가 많노?'

준이는 해파리를 피해 헤엄치느라 힘이 들었다. 매암섬에 다가갈수록 물의 온도가 차가워졌다. 갑자기 다리가 저려왔다. 물살도 다른 날과 다르게 거칠었다. 헤엄을 치면 자꾸만 몸이 옆으로 밀려났다.

"어푸, 어푸!"

이젠 조금만 더 가면 매암섬이다. 매암섬에 닿으려는 순간 해파리가 준이의 다리를 휘감았다. 해파리가 준이를 쏘아 대었다. 준이는 종아리가 너무 따가워 다리를 끌며 매암섬으로 올라갔다. 온몸에 열이 나고 이가 딱딱거렸다. 지치고 힘들어 타임캡슐을 찾아야 된다는 생각도 잊은 채 바위에 기대었다.

"어! 저기, 저, 정석이가 물살에 떠밀려간다!"

"우짜노……."

아이들은 발을 동동거리며 안타까워했다. 물속에서 허우적거리던 정석이는 거친 물살에 떠밀려 깊은 바다로 흘러갔다. 파도에 정석이의 모습이 사라졌다 보였다. 아이들의 소식을 듣고 준이 아버지가 배를 타고 정석이를 구하러 왔다.

"삐뽀 삐뽀!"

준이는 희미하게 무슨 소리가 들려 일어나 선창을 보았다.

멀리 선창에 사람들이 모여 웅성대고 있다. 준이는 무슨 일인지 궁금하여 견딜 수가 없었다.

한참 후에 아버지가 준이를 데리러 매암섬으로 노를 저어 왔다.

"이 녀석아, 땡볕에 이 먼 거리를 헤엄쳐오면 어떡하노. 정석이는 방금 병원에 실려갔다. 쯧쯧."

"정석이가 병원에예?"

준이는 놀라 눈이 휘둥그래졌다.

'괜히 나 때문에…….'

준이는 걱정과 미안함으로 괴로웠다. 저녁밥도 잘 넘어가지 않는다. 밥을 몇 숟갈 뜨다 말고 선창으로 향했다.

"와? 정석이 걱정되나."

아버지가 살며시 다가왔다.

"독해파리한테 쏘여 걱정이구나."

준이와 아버지는 까만 도화지처럼 마음이 어두워졌다.

"바람이 찹대이, 고만 있꼬 드가자."

집에 돌아온 준이는 밤새 정석이가 걱정이 되어 잠을 이룰 수 없었다.

"따르릉!?"

새벽녘에 전화가 울렸다.

"네, 알겠습니더. 곧 가겠습미더."

전화를 받은 아버지는 옷을 급하게 입고 나갔다.

"준아, 니 내일 아침 밥 챙겨 먹고 학교 가거래이. 아부지 병원에 댕겨 올게."

며칠이 지나 정석이의 책상 위에는 하얀 국화 한 다발이 놓였다. 항상 큰 소리로 떠들며 뛰어다니던 정석이가 없으니 교실이 텅 빈 느낌이다.

금방이라도 정석이가 달려올 것 같은데 정석이는 끝내 오지 않는다. 유리창으로 비가 눈물처럼 주르륵 떨어졌다.

그 일이 있은 후 준이는 학교 생활도 재미없고 마음속에 돌멩이를 얹어 놓은 것 같다. 준이를 쳐다보는 아이들의 눈길도 따갑게만 느껴졌다.

"김준이가 누고?"

어떤 아주머니가 교실 문을 확 열고 들어왔다.

"정석이 어머니, 어쩐……."

"선상님요, 내 억울해서 왔다 아임미꺼. 우리 정석이 그렇게 만든 아, 얼굴 한번 보려고 왔습미더. 저 말리지 마이소!"

정석이 어머니는 독이 잔뜩 오른 털게처럼 씩씩거렸다. 준이는 책상에 고개를 푹 숙였다.

"정석이 어머니, 그 아픈 심정 누가 모르겠습니까. 우리도 모두 친구를 잃은 슬픔 때문에 아파하고 있습니다……."

선생님은 어쩔 줄 몰라 했다.

"아이고 석아! 흑흑……."

정석이 어머니는 교실 바닥에 앉아 바닥을 치며 울었다. 1반 교실이 시끄러워지자 다른 반 아이들이 몰려왔다. 모두들 창문 너머로 1반 교실을 들여다본다. 소식을 듣고 교무주임 선생님이 정석이 어머니를 달래어 데리고 나갔다. 한참 동안 교실은 우울한 분위기이다.

정석이 어머니는 매일 학교 정문 앞에 넋이 나간 사람처럼 앉아 있다. 준이는 학교에 가는 것이 점점 두려워졌다.

아침저녁으로 선선한 가을바람이 불어온다. 무덤가에 구절초가 꽃등을 켰다.

'정석아, 잘 지내? 오늘 가을 운동회였는데 니가 없으니 참말로 재미 없었대……'

준이는 마음속으로 정석이를 불러본다. 구절초가 바람에 쓸쓸하게 흔들린다.

준이는 재작년 여름 시합을 생각했다.

"시~ 땅!"

물안마을 아이들과 옥계마을 아이들 다섯 명이 물속으로 뛰어들었다. 일등으로 도착한 선수가 매암섬 꼭대기 소나무 밑에 자기의 소망을 적어 타임캡슐 속에 묻을 수 있다. 그리고 칠천도를 대표하는 짱으로 대우를 받는다. 13대 짱은 중학교에 진학한 장곶마을 판돌이 형이 차지했다.

준이는 어제 아침까지만 해도 자신이 있었는데 헤엄을 치다 배가 아려와 고통스러웠다.

정석이와 명석이 채영이가 선두를 다투며 가고 있다.

'파도도 세지 않고 날씨도 좋은데……'

준이는 왠지 승리할 수 없을 것 같은 불안감이 밀려왔다. 배는 더 아렸다. 준이는 도저히 견딜 수 없어 손을 들고 말았다. 노를 저어 따라오던 판돌이 형이 젓는 작은 배에 타고 말았다.

"너 왜 그러냐?"

"미안해 형, 도저히 배가 아파서……."

"녀석, 어제 소라 먹을 때 내 알아봤다. 그라모, 배에 좀 누워라."

'정석아, 또 올게.'

준이는 무거운 몸을 일으킨다. 비탈길을 내려가고 있는데 누군가 돌무덤가로 올라왔다. 준이는 얼른 떡갈나무 뒤에 숨었다.

"석아! 흑흑……."

정석이 어머니의 슬픈 목소리가 산을 울렸다. 준이는 마음이 아파 그 자리에서 쉽게 내려올 수가 없었다.

"두두둑!"

갑자기 하늘이 어두워지고 달구비가 내리기 시작했다. 준이는 옷을 뒤집어쓰고 집으로 달렸다. 빗방울이 굵어지기 시작했다. 정석이 어머니는 계속 그 자리에 앉아 있다.

집에는 마을 이장님과 아버지가 무슨 일을 의논하는지 얼굴이 어두워 보였다. 준이의 귓전으로 어렴풋이 두 사람의 말소리가 들려왔다.

"행님요, 땅은 와 내놓았습미꺼?"

"이래저래 돈이 좀 필요해서."

"하긴. 그 놈의 돈이 뭔지. 우리 섬마을 사람들 대부분이 땅 팔아먹고……."

"행님요, 그라모 내일 제가 알았보겠습미더. 일이 있어 이만 가보겠십미더."

"그래, 수고 좀 해주게."

가을을 지나 겨울이 왔다. 준이는 여전히 혼자서 지내기를 좋아했다.

저녁밥을 먹고 아버지는 해(섬지방에서 밤에 횃불을 들고 낙지나 게를 잡는 일) 보러 갈 준비를 하고 있다. 아버지는 목화 솜뭉치를 철사로 꽁꽁 감아 대나무 끝에 매달았다. 깡통에 경유도 가득 채웠다.

"준아, 이 아부지 따라 매암섬 가자!"

준이는 매암섬이라는 말에 고개만 숙인다.

"이제 그 일은 잊그라. 어여 따라온나."

준이는 힘없이 사립문으로 나왔다. 아버지는 선창에 배를 대었다. 아버지는 노를 저어 매암섬으로 향했다. 찰바닥찰바닥 물살을 젓는 노에 달빛 가루가 묻어났다.

"어떤노?"

아버지가 준이를 보며 말했다.

준이는 겉으로 웃고 있지만 마음은 우울하다. 매암섬으로 다가갈수록 그때 일이 생생하게 살아났다.

'정석아! 미안해…….'

준이는 마음속으로 정석이를 불러본다.

어느새 배는 매암섬에 도착했다. 매암섬에 발을 디디는 준이의 다리가 떨려온다.

"이쪽이 좋긋다."

아버지는 경유를 먹은 목화 솜뭉치에 불을 밝혔다.

"오랜만에 하는 기라 잘 될지 모르긋다."

아버지가 바지를 걷어올리고 살금살금 물속을 걸었다.

"아부지, 지는 저 위에 좀 갔다 올게요."

"그래라?"

준이는 혼자서 매암섬 꼭대기에 올라갔다.

'이쯤이었는데…….'

준이는 나무 꼬챙이로 흙을 팠다. 작년에 묻어둔 타임캡슐을 찾기 위해서이다. 안경집으로 만든 타임캡슐은 잘 묻혀져 있다. 준이는 감아둔 테이프를 뗐다.

이름: 이정석

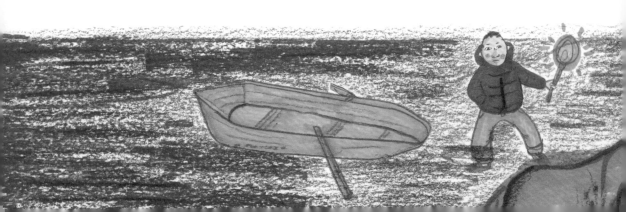

장래 희망: 등대지기, 엔지니어

좋아하는 친구: 김준

'정석아⋯⋯.'

준이는 쪽지를 들고 울었다.

"준아, 니 개안나?"

언제 오셨는지 아버지가 걱정스레 준이의 어깨에 손을 얹었다.

"니 모르제, 이 아부지도 너그만 할 때 비슷한 일이 있었다. 아부지 친구 용섭이는 며칠 동안 시체를 못 찾다가 고기 잡으러 갔던 덕만이 아제 그물에 걸려 발견되었다 아이가. 얼마나 살려고 발버둥쳤는지⋯⋯ 와, 모두들 이 매암섬을 두고 객기를 부리는지⋯⋯."

"아부지!"

"어쩌면 이 매암섬은 우리가 넘어야 할 세상을 딛는 문인지도 모르긋다. 자, 이제 정석이를 마음속에서 내려놓그라. 이 아부지도 그렇게 하는데 많은 시간이 걸렸다."

준이는 아버지 품에 안겨 한없이 울었다.

다음 날 아침 뜸벙뜸벙 물수제비 같은 눈이 내렸다.

"우와!"

방문을 연 준이는 아버지를 찾아 선창으로 쪼르르 달려갔다. 선창에 준이의 작은 발자국이 하나둘 찍힌다.

"아부지예!"

"준이 왔냐?"

그물을 손질하던 아버지가 할 말이 있는지 머뭇거렸다. 통발에 잡힌 고기들이 파닥이고 있다.

"준아, 겨울이 지나모 니 중학교 진학도 있고 해서 이 섬을 뜰까 생각 중인데 어떤노? 니도, 도시에 가서 공부해야 성공 안 하겠나? 그보다 안 좋은 기억도 있고 해서……."

한참 머뭇거리던 준이가 입을 열었다.

"아부지예, 지는 여기가 참말로 좋습미더. 이젠 걱정하지 마이소."

준이는 정석이가 남긴 쪽지를 생각한다.

"그래……."

아버지가 준이의 작은 어깨에 손을 얹었다.

"푸드덕!"

갑자기 괭이갈매기가 청어 한 마리를 차고 날아오른다.

"허허, 너그도 무꼬 살아야굿제……."

아버지 입가에 웃음이 피어난다. 준이도 환하게 웃는다. 두 사람 머리에 눈이 새처럼 살포시 내려앉는다.

2008년 『경남신문』 신춘문예 수상작

바사사모는 어떤 모임의 뜻을 가지고 있나요?

해파리 특공대

휘잉…….

비닐봉지가 조용한 바다 마을에 버려졌어.

봉지는 무서워 눈을 감았어.

'여기가 어딜까?

봉지는 한숨을 쉬며 두리번두리번 둘레를 보았어. 몸이 물 위를 둥둥 떠

갔어.

'어, 배처럼 잘 나가네.'

봉지는 기분이 이상하기도 했지만 새로운 호기심에 맘이 떨렸어.

"철썩."

파도가 지나갔어.

'어, 어.'

봉지는 파도 때문에 깊은 바다로 가게 되었어.

'어, 왜 아무것도 보이지 않지?'

봉지는 주위를 둘레둘레 보았어.

아무도 보이지 않자 봉지는 슬퍼졌어. 땅 위 세상에 버려졌다가 바다까지 온 자신의 신세가 처량하기만 했어.

'사람들은 왜 나를 이 세상에 나오게 해놓고 이제 와서 버리는 걸까? 끝까지 책임을 지지 않는 비겁한 사람들 같으니라고.'

봉지는 속상해서 슬퍼졌지. 그때 물결을 따라 이상한 냄새가 나기 시작했지.

'윽 윽, 도대체 무슨 냄새지? 정말 지독하네!'

봉지는 숨을 몰아쉬었어.

'땅 위 마을은 어떻게 되었을까? 우리 봉지들이 지구온난화의 주범이라
고 신문에도 뉴스에도 크게 보도하더니…….'

봉지는 친구들과 자신이 범인으로 몰리니 낯이 뜨거워졌어.

'아, 그리운 옛날이여…….'

봉지는 유자가 열렸을 때 환하게 웃던 어느 꼬마 아이를 생각
했어.

'아, 자유롭게 바람을 타고 날고 싶다.'

봉지는 지그시 눈을 감았어.

퐁퐁퐁…….

이상한 소리가 들렸어. 지나가던 푸른병

해파리가 봉지를 만졌어.

"어, 이상하게 생긴 물고기네?"

봉지는 간지러워도 꾹 참았어.

"도대체 뭘까?"

푸른병해파리가 봉지를 살피다 가버렸어.

슷슷슷…….

또 다른 해파리가 지나갔어.

"저, 여기가 어디인가요?"

봉지가 물었어.

"난, 바빠! 늘어난 플랑크톤 사냥을 하려면 시간이 부족해."

해파리는 촉수를 나풀거리며 헤엄쳐갔어.

'아이, 뭐야. 왜 해파리들만 가득한 거야. 다른 물고기들은 다 어디로 간 걸까?'

봉지는 해파리들만 보여서 불안해졌어.

'아, 이곳을 벗어나야 하는데. 도대체 어디쯤이지?'

봉지는 움직여보았어. 세찬 바람 때문에 몸이 말을 듣지 않았어.

'아이, 어떡하지?'

봉지는 점점 불안해졌어.

'빨리 이곳을 벗어나야 하는데…….'

"누구 없어요? 저 좀 도와주세요!"

봉지는 있는 힘을 다해 소리쳤어.

'무슨 소리지?'

지나가던 꼬마 해파리가 두리번거렸어.

"저기요, 저 좀 도와주세요!"

봉지는 또 해파리를 보자 실망했지만, 꼬마 해파리에게 말을 걸었어.

"아, 괴물이다!"

꼬마 해파리가 놀라 도망치려 했어.

"난 괴물이 아니야. 비닐봉지야. 땅 위 마을에서 왔어."

봉지가 말했어.

"너, 사람들이 보낸 첩자지?"

꼬마 해파리가 촉수를 세우며 말했어.

"아, 아니야. 믿어줘. 어떻게 하면 내 말을 믿겠니?"

"아빠가 그랬어. 사람들을 절대 믿으면 안 된다고."

꼬마 해파리가 봉지를 흘겨보았어.

"믿어줘. 난 사람에게 버림 받은 봉지란 말이야."

봉지는 속상해 울먹이며 말했어.

"그, 그래도 믿을 수 없어."

꼬마 해파리가 투명 머리를 흔들었어.

"정말이야. 난 오래전에 버려진
비닐봉지야. 억울한 내 얘기 좀
들어주겠니?"

봉지가 조용히 꼬마 해파리
를 보며 말했어.

"말해봐. 일단 들어보고 거짓말
이면 해초 감옥에 보낼 거야."

꼬마 해파리가 차분한 어조로 말
했어.

"고, 고마워. 난, 친구들과 함께
대도시 공장에서 수천만 장의 쌍둥
이로 태어났어. 이렇게 못난 검은
비닐봉지로."

"네 모습 괜찮아."

꼬마 해파리가 봉지를 위로
했어.

"고마워."

봉지가 말했어.

"난 마트에서 팔던 장난감

을 담아 소망의 집으로 가게 되었지. 그곳에는 유자나무가 아주 많았어. 황금빛 유자가 주렁주렁 열렸을 때 유자를 담아보지도 못하고 휴지통에 버려졌지."

"그, 그래?"

꼬마 해파리는 봉지가 불쌍해졌어.

"그러다 그날 밤에 바람이 세차게 불었지. 바람에 날리어 이리저리 돌다가 이곳까지 오게 된 거야."

"그랬구나."

꼬마 해파리가 촉수를 흔들었어.

"사람들은 우리의 존재를 너무 쉽게 생각해. 버려진 우리는 바람을 따라 떠돌다 가시 철조망에 걸리기도 하고, 나무에 걸리기도 해. 봐. 내 몸에 난 상처는 심한 바람이 불던 날 가지에 걸려 찢어져서 생긴 거야."

봉지는 슬프게 말했어.

"그, 그랬구나."

꼬마 해파리는 봉지가 불쌍해 울먹거렸어.

"더 속상한 것은 이렇게 버려진 우리가 사람들보다 더 오래 산다는 거야. 꿈도 없이 오래 산다는 것이 얼마나 비참한 일인지 아니? 넌 아마 모를 거야."

봉지는 한숨을 쉬었어.

"너, 우리와 같은 처지구나. 우리 해파리도 사랑 받지 못하는 존재라고 엄마가 그랬어."

꼬마 해파리도 자신의 처지를 하소연했어.

"왜?"

봉지가 물었어.

"사람들 때문에 지구가 병을 앓기 시작했는데, 사람들은 그 탓을 우리에게 돌려. 자신들이 오염을 시켜 바다가 이상해졌는데 우리 때문이라고 하지."

"너희들이 어쨌는데?"

"우리 엄마가 그랬어. 바다 수온이 높아져 우리만 살아남는 조건이 되었거든. 다른 물고기들은 산소가 적은 물에서 죽게 되지만 우리 해파리들은 산소가 적은 환경에서도 잘 자라거든."

꼬마 해파리는 속이 상해 말했어.

"사람들 정말 너무해."

봉지도 속상해서 맞장구를 쳤어.

"그래서 우리 해파리들 중 블루보틀이나 자이넌트 박스 해파리들은 '사실모'라는 회를 만들었어."

"사실모가 뭐니?"

봉지가 물었어.

"응, 사람들을 싫어하는 모임이야. 그래서 바다에 나타난 사람들을 위험에 빠뜨리거나 겁을 주곤 하지."

꼬마 해파리가 조용히 말했어.

"그, 그래도 사람들을 해치는 것은 아닌 것 같은데."

봉지가 말했어.

"나도 그렇게 생각하는데 우리 해파리들도 두 파로 나누어졌어."

꼬마 해파리가 말했어.

"너는 어느 쪽이니?"

"난, 바사사모야!"

꼬마 해파리가 웃으며 말했어.

"바사사모는 또 뭐니?"

봉지가 갸웃거리며 말했어.

"응, 바다를 사랑하는 사람을 사모하는 모임."

꼬마 해파리가 웃었어.

"바다 마을에도 모임이 많이 생겨나고 있네."

봉지도 웃었어.

"사실 우리 아빠 때문이야. 우리 아빠는 사람들이 쳐놓은 그물에 걸려 위험에 빠진 적이 있는데 어떤 마음씨 착한 어부가 구해주었대. 아빠는 늘 그 은혜를 잊지 말아야 된다고 하셨어."

꼬마 해파리가 말했어.

"나도 사람들을 미워하지 않아. 좋은 사람들도 많이 있단다. 내가 아는 어떤 아이는 참 착한 아이였어."

봉지가 환하게 웃으며 말했어.

"너도 행복한 기억을 가지고 있구나."

꼬마 해파리가 말했어.

"응, 사실 그 행복한 기억 때문에 살아가고 있어. 아니 버티는 중이야."

봉지가 말했어.

"어떤 기억이니?"

"처음 장난감을 사갔던 꼬마가 사는 집이야. '소망의 집'이라고 했어. 부모에게 버려진 아이들이 모여 사는데, 조금 부족해도 서로 나누며 살고 있었어. 그 집은 늘 웃음이 끊어지지 않았어."

"그랬구나. 예전 바다가 아프기 전에는 이곳도 그랬는데……."

"이 바다는 언제쯤 나아질까?"

꼬마 해파리가 말했어.

"글쎄, 사람들도 예전 모습을 찾기 위해 노력하는 사람들이 늘어간다고 해. 우리도 노력하면 되겠지? 아마도 시간은 많이 걸릴 거야. 난 몇백 년을 살 수 있으니 꼭 보게 될 거야."

봉지가 말했어.

"오늘부터 난 바다를 지키는 해파리 특공대가 될 거야."

"야, 멋지다! 나도 동참할게."

"하하하."

"호호호."

봉지랑 꼬마 해파리가 환하게 웃었어.

"철썩!"

하얀 물꽃을 가득 문 큰 파도가 지나갔어.

"봉지야, 우리 파도타기 하자! 나처럼 몸을 맡겨봐!"

"그래."

"너, 파도 타는 것 보니 진짜 해파리 같아. 하하하."

"그래. 그 말 들으니 기분 좋네. 오늘부터 해파리 특공대이니 하하하."

"그래. 특공대 참 멋지다. 하하하."

봉지랑 꼬마 해파리는 물결을 따라 파도타기를 했어. 그렇게 시간이 많이 지나갔지. 그 이후 바다는 어떻게 되었을까?

초원이의 말문이 언제 열렸나요?
아기 멧돼지에게 젖을 먹인 동물은
어떤 동물인가요?

새엄마는 감꽃요정

"연변 공주야, 니 또 통학선 보고 이슨나?"

유자나무집 아저씨가 초원이를 부른다.

"……."

초원이는 오늘도 대답이 없다. 그저 물끄러미 한참 전에 떠난 통학선이 지나간 물길을 보고 있다.

"이거 무~바라."

유자나무집 아저씨가 호주머니에서 빨간 줄무늬 사탕 두 개를 건넨다. 아저씨는 읍내 농협에 갔다 오실 때마다 초원이 집에 들른다. 초원이는 싱긋 웃으며 사탕을 쥔다. 버찌나무 잎사귀처럼 초원이의 머리카락이 바람에 살랑인다.

"바다 그만 보고 저번에 그린 거 보여도오."

유자나무집 아저씨는 초원이를 안아 평상에 내려놓는다. 초원이는 방으로 쪼르르 달려가 스케치북을 가져온다.

"우와, 아제가 이렇게 멋찌게 생긴나?"

초원이는 고개를 끄덕이며 하얗게 웃는다.

"밥은 문나? 안 무그스모 안끄라. 함께 묵자!"

어느새 왔는지 할머니가 유자나무집 아저씨에게 말했다. 그 뒤에 초원이 아버지가 지게를 내려놓는다.

"찬은 없지만 마이 무라."

할머니가 바쁘게 준비한 점심은 청양고추를 썰어넣고 만든 된장찌개와 죽순들이다. 초원이가 제일 좋아하는 것은 삶은 죽순을 초장에 찍어 먹는 것이다.

"아지매요, 초원이 친구들 학교 가는 것 보고 이스모 마이 속상하지예?"

"아이구, 내 속도 이른데 지는 어떡긋노……."

할머니는 초원이의 얼굴을 보며 눈물을 훔친다. 아버지는 묵묵히 밥을 먹고 있을 뿐이다.

엄마가 집을 나간 후 초원이는 말을 잃었다. 아버지는 이 섬마을에서 태어나 줄곧 살았다. 그러던 어느 날 이장 아저씨 주선으로 장가를 가지 못한 동네 총각들과 함께 연변 처녀들과 결혼을 하게 되었다. 결혼식은 마을회관에서 합동으로 치렀다. 장가간 아버지는 더 열심히 일했다. 초원이가 태어나고 참 행복한 시간들이 지나갔다.

떡비가 내리던 날 아무런 말도 없이 엄마가 통장을 모두 챙겨 집을 나갔다. 엄마는 처음부터 한국에 오기 위해 위장결혼을 하였던 것이다. 행복하게 가정을 꾸리는 것은 처음부터 의미가 없었다.

'몹쓸 사람…….'

아버지는 술만 마시며 슬픔에서 헤어나지 못했다. 그래서 초원이는 할머니가 돌봐주었다. 하지만 어느 누구도 초원이에게 엄마가 떠난 자리를 메워주지 못했다. 초원이는 아무도 알지 못하는 사이 마음속에 슬픔의 딱딱한 돌멩이를 키워왔던 것이다.

"말해바라!"

초원이가 여섯 살 때쯤이다. 아버지가 몹시 술에 취해 들어와 초원이를 불렀다. 아무리 소리쳐도 반응이 없자 아버지는 초원이를 마당에 밀어버렸다. 초원이는 경기를 일으키며 까무러치고 말았다. 할머니가 손가락을 따고 얼굴에 물을 뿜자 울음소리를 겨우 토해냈다.

"이 놈아, 저 어린것이 무슨 죄가 있노, 죄가 있다모 내게 있다. 차라리 나를 죽여라!"

"어무이, 죄송합미더. 흑흑흑."

그날 잠든 초원이를 안고 아버지는 밤새 울었다. 그동안 쌓아두었던 눈물이 쏟아지듯 오래 울었다.

멀리서 뱃고동 소리가 들린다. 초원이는 쪼르르 선창가로 달려간다. 선창가는 초원이가 좋아하는 놀이터이다. 아기 때 선창 끝으로 기어가다 바닷물에 떠밀려 간 일도 있었다. 하지만 초원이는 선창가를 좋아한다. 여기에 앉아 있으면 출렁이는 바닷물 소리가 엄마의 자장가처럼 들려오기 때문이다. 물안마을 선창가는 다른 동네에 비해 바다가 잔잔하고 편안하다.

어느새 해가 칠천도 바다로 떨어지고 있다. 바닷물 빛이 홍합색으로 물든다. 아침 일찍 배를 타고 먼 바다로 나가 고기를 잡던 배들이 섬으로 돌

아온다. 점심을 먹고 일 나갔던 할머니와 아버지가 땀에 젖어 돌아왔다.
초원이는 저녁 상을 물린 할머니에게 옛날 이야기를 해달라고 옷을 잡아
당긴다.

　할머니는 오늘도 옥녀봉 이야기를 들려준다.

"전에 한 전에 콩쥐 말년에 마다 닭이 꼬꼬댁~ 옛날 어느 바닷가 마을에 백 년 된 감나무가 이쓰따 아이가아. 그 감나무에는 쪼맨한 감꽃요정이 안 이쓴나. 그 감꽃요정은 맴이 착한 아이의 소원을 들어주는 신통력이 있는 기라 ……."

어느새 초원이는 스르르 잠이 들었다. 자면서 초원이는 할머니 귀를 꼼지락꼼지락 만진다.

"어이구, 이 불쌍한 것! 어미 품이 얼마나 그리버스모 저녁마다 할미 귀를 만지긋노……."

할머니는 초원이를 꼭 껴안아준다. 초원이의 잠든 모습을 보고 할머니는 초원이 아버지 방문 앞으로 간다.

"아범 자냐? 평상으로 좀 나온나."

"무슨 일입미꺼?"

"일은 무슨 일, 그나저나 자네 어쩔 것이여? 내년에는 초원이도 핵교를 보내야 하고 더 늦기 전에 니도 새장가 가야제. 내도 몸이 예전 같지 않타."

"……."

두 사람은 한참 동안 말이 없다.

한 달이 지나 윗집 봉애 아줌마가 낯선 여자를 데리고 왔다. 초원이의 새엄마가 될 사람이라고 했다. 초원이는 장독대 뒤에 숨어서 새엄마의 모습을 보았다.

새엄마는 우즈베키스탄에서 왔다고 했다. 한국에 오기 위해 이 년 동안 한국어를 배워 한국말을 아주 잘했다. 두 개로 땋은 머리에 화려한 연두색 옷을 입었다. 콧등 위까지 자란 눈썹이 매우 짙어 보였다.

새엄마는 짐을 마루에 내려놓고 한참 동안 선창에 서서 바다를 보았다. 그리고는 집안 여기저기를 돌아다니며 청소를 하였다. 청소를 끝낸 새엄마는 초원이가 벗어놓은 옷을 챙겨 세탁기에 넣었다.

'싫어요.'

초원이는 소리치며 말하고 싶었지만 입안에서 맴돌 뿐 말이 나오질 않았다. 초원이는 빨래통을 발로 힘껏 찼다. 하지만 새엄마는 살짝 웃으며 초원이를 쳐다본다. 초원이는 더욱 화가 나 선창가로 달려갔다.

새엄마가 온 지 석 달이 되었다. 콤콤한 곰팡이 냄새가 나던 부엌은 반짝반짝 윤이 난다. 새엄마는 집 안 여기저기를 꼼꼼하게 걸레질하고 거미줄도 걷어냈다. 먼지가 뿌옇게 앉은 커튼도 다 걷어 세탁을 했다. 새엄마는 바다일과 밭일도 잘했다. 가끔 육반(쌀밥과 잘게 썬 고기를 섞은 것)과 염소 양념 구이, 도브가(요구르트로 만든 스프)를 만들어보기도 했다. 하지만 여전히 초원이는 새엄마에게 마음의 문을 열지 않았다.

눈부신 햇살이 내리쬐는 날이다.

초원이는 밖에서 놀고 집으로 오다가 멈추었다. 새엄마가 감나무 밑에 앉아 주문을 외듯 혼자서 중얼거리고 있었다. 초원이가 알아들을 수 없는 말이었다.

새엄마는 계속 중얼거리며 눈을 감고 있었다. 초원이는 담 밑에 숨어 한참 동안 새엄마를 지켜보았다. 오늘따라 새엄마가 신기해 보이기도 하고 슬퍼 보이기도 하였다. 초원이는 새엄마에게 다가갈까 하다 이내 방으로 들어갔다.

가을비가 따박따박 내리던 날이다.

초원이는 우산 대신 우비를 입고 쑥부쟁이 피어 있는 비탈길을 걸었다. 쑥부쟁이 꽃밭에 빗방울이 실로폰 치듯 떨어졌다.

"꽥꽥!"

어디선가 짐승의 울음소리가 요란하게 들렸다.

'무슨 소리지?'

초원이는 귀를 쫑긋 세웠다.

울음소리는 끊어졌다 다시 들려왔다. 초원이는 소리가 나는 곳으로 가보았다. 언덕 밑에서 나는 소리였다. 아기 멧돼지가 덫에 걸려 있었다. 그 옆에는 새엄마가 아기 멧돼지를 구하기 위해 덫을 거두고 있었다. 상처를 입었는지 아기 멧돼지 다리에서 피가 흘렀다. 피 사이로 뼈가 보였다.

'어떻게 하지?'

초원이는 조바심이 나 손에 땀이 났다.

무사히 아기 멧돼지를 구한 새엄마는 초원이를 보더니 집으로 가자고 했다. 아기 멧돼지가 얼마나 발버둥을 쳤던지 새엄마의 옷은 흙투성이가 되었다.

집에 도착한 새엄마는 못 쓰는 헝겊을 깔아 아기 멧돼지를 치료했다. 쑥 잎을 찧어 헝겊에 발라 상처에 동여맸다.

'조금만 참아!'

초원이는 마음속으로 응원을 했다. 아기 멧돼지는 피곤했는지 이내 잠이 들었다.

저녁을 먹고 초원이는 아기 멧돼지가 걱정이 되어 마당으로 나가보았다. 아기 멧돼지는 새엄마가 준 밥도 먹지 않고 저녁 내 울기만 했다. 그때 누렁이가 아기 멧돼지 곁으로 다가가 젖을 물렸다. 아기 멧돼지는 처음에는 주춤거리다 누렁이 품에 안겨 젖을 힘차게 빨았다.

"알구야, 기특하네 고 놈……."

할머니는 누렁이를 보며 흐뭇한 미소를 지었다.

다음 날 아침 할머니와 아버지는 이웃에 잔치가 있어 집을 비웠다.

새엄마는 비가 오는데도 고구마 줄기를 따기 위해 밭으로 나갔다. 새엄마는 저녁 늦게 지친 모습으로 돌아왔다. 그리고 초원이의 저녁을 차려주곤 이내 잠이 들었다.

"두두둑 쾅쾅!"

빗소리에 초원이는 잠에서 깨어났다. 초원이가 문을 여니 비가 세차게 내리고 있었다. 초원이는 무서워 새엄마 옆으로 다가갔다.

시간이 흐를수록 비바람은 더욱 거세졌다. 문도 심하게 흔들렸다. 초원이는 불안한 마음에 어쩔 줄 몰랐다. 밤새 캄캄한 하늘이 뚫린 것처럼 비가 퍼부어 댔다. 감나무는 가지를 흔들며 우는 소리를 냈다.

"횡잉~"

초원이는 무서워 온몸을 떨었다. 초원이 집 대문 옆으로 흐르는 도랑에 물이 차 순식간에 바닷물이 집 안으로 들어왔다. 물은 어느새 초원이의 발목까지 덮었다. 그런데도 새엄마는 일어날 줄 몰랐다.

"새, 새엄마!"

초원이는 겁이 나 자신도 모르는 사이 말문이 열렸다.

"아, 아니?"

잠에서 깨어난 새엄마는 밀려드는 바닷물을 보고 놀라며 초원이를 안고 장롱 위로 올라갔다. 무서운 비바람이 집을 부수듯 내렸다. 초원이와 새엄마는 서로를 꼭 껴안고 무서움에 떨었다. 그렇게 세 시간이 흐르자 바닷물들이 다 빠져나갔다.

"으흑, 엄마."

"니, 니가 운제 말을……."

새엄마는 초원이의 말문이 열린 걸 보고 기뻐했다.

밤새 무섭게 내리던 비가 그치고 맑은 햇살이 초원이네 집을 비췄다. 물에 잠겼던 방은 뻘투성이가 되었고, 장판은 울퉁불퉁 일그러졌다. 돌담은 무너져 있고, 집 안 여기저기 소쿠리와 대야가 널브러져 있다.

초원이는 아기 멧돼지가 무사한지 가보았다. 아무리 찾아보아도 아기 멧돼지와 누렁이가 보이지 않았다.

"아이, 다 어디로 간 거야……."

초원이는 다시 엉망이 된 마당과 뒤란으로 가보았다. 아기 멧돼지와 누렁이는 보이지 않았다.

"아이고, 우짜노."

새엄마는 서툰 사투리를 쓰며 어떻게 해야 할지 몰라 멍하니 앉았다.

"초, 초원 어매요! 퍼떡 병원으로 가보잇시더! 어제 집으로 오던 영진호 배가 태풍에……."

이장 아저씨가 급하게 들어오며 소식을 전했다. 새엄마는 이장 아저씨를 따라 병원으로 갔다. 병실에는 마을 사람들이 많았다.

"초, 초원 할매를 구하려다 초원 아배가……."

간밤의 태풍에 마산으로 갔던 장배가 뒤집힌 것이다.

"어, 어무이, 초 초원 아버지요······."

새엄마의 목소리가 젖은 파래처럼 떨렸다. 새엄마는 강하게 도리질을 치다가 바닥에 털썩 주저앉아 울부짖었다. 이번 사고로 아버지는 다리를 크게 다쳤고, 뒤집힌 배에서 빠져 나오지 못한 할머니는 안타깝게 이 세상을 떠났다.

"어, 어무이······."

병실은 울음 바다가 되었다.

그렇게 또 시간이 흘러갔다. 한 달이 지나도 초원이는 자리에서 일어나지 못했다. 초원이의 얼굴은 많이 야위어졌고 점점 깊은 잠 속으로 빠져들었다.

'감꽃요정님, 우리 할매 보고 싶어요. 보게 해주세요!'

초원이는 마음속으로 감꽃요정을 애타게 불러본다.

'그래그래 착한 아가 네 소원 들어주지

할미 손 잡아주랴 아비 손 잡아주랴

이 꽃도 먹고 저 꽃도 먹어 어서 어서

일어나렴 착한 아가 착한 아가야'

'딸랑딸랑'

누군가 자꾸만 초원이의 방문을 흔들었다.

'감꽃요정님?'

초원이는 힘을 내어 자리에서 일어났다. 엉금엉금 기어서 방문을 활짝 열었다. 방문을 여니 아무런 소리도 들리지 않는다.

'참 이상하다?'

초원이는 다시 방문을 닫았다. 그랬더니 또 노랫소리가 들려왔다.

다시 방문을 열었다. 아무 소리도 들리지 않았다.

'정말 이상하다?'

초원이는 다시 일어나 감나무 근처로 갔다. 감나무 빈 가지 가지마다 작은 꽃종들이 매달려 있다. 꽃종들이 환한 빛을 내며 흔들렸다. 초원이는 꽃종을 만져보았다. 그랬더니 아름다운 노랫소리가 다시 들렸다.

초원이는 노랫소리에 온몸이 하늘로 날아올라 갈 것만 같다.

"우리 공주님 일어났네?"

새엄마가 활짝 웃으며 다가왔다.

"엄, 엄마가 감꽃요정이에요?"

초원이의 물음에 새엄마는 웃기만 했다.

"바람이 찹대이. 얼른 방에 들어가재이."

새엄마는 초원이에게 이불을 덮어주고는 약초 뿌리를 약탕관에 넣고 달였다. 몇 시간 동안 약을 달이면서 중얼거렸다. 약 냄새가 바람을 타고 온 집안에 퍼졌다.

'우딜라 담바 딕딕

우딜라 담바 딕딕'

겨울을 지나 다시 봄이 찾아왔다. 마을은 온통 연둣빛 풀물결로 가득 찼다. 초원이네 집 감나무에도 숨바꼭질하듯 새잎이 하나둘 돋아났다.

"초원아, 통학선 시간 늦겠대이!"

"예, 엄마!"

초원이는 가방을 메고 선창으로 뛰었다. 아버지가 탄 휠체어를 밀고 새엄마도 선창으로 갔다.

"지 할무이가 보면 얼매나 좋아할까……."

유자나무집 아저씨가 눈물을 훔친다.

"그러게요. 얼매나 핵교에 보내고 싶어 했는지……."

윗집 봉애 아줌마도 옷소매로 눈물을 훔친다.

"……."

초원이 아버지와 새엄마는 말없이 초원이를 본다.

"아가, 공부 열심히 하그래이!"

유자나무집 아저씨가 손나발을 하며 소리쳤다.

"다녀오겠습니다!"

통학선에 오르는 초원이의 목소리가 우렁차다.

"뿌웅!"

초원이와 아이들을 실은 통학선이 물 위에서 속력을 낸다. 차르륵 물을 밀며 통학선이 양옆으로 하얀 물거품 날개를 달고 힘차게 달린다. 초원이는 멀어지는 집을 본다. 새엄마도 아빠도 이웃 사람들도 점점 작아진다.

물에 빠진 훈이를 구한 사람은 누구인가요?

형아는 큰 나무

차가운 갯바람이 덜컹거리며 교실 창문 틈으로 들어온다. 추운 겨울이다. 훈이는 친구들이 돌아가고 난 교실에서 이제 막 청소를 끝냈다. 텅 빈 걸상에 앉아 흘러내린 땀을 훔친다. 시계를 보니 벌써 5시다. 그런데 집에 가고 싶은 생각이 없다.

"바보 동생!"

"쟤 형은 바보래요!"

아이들 목소리가 다시 되살아난다. 훈이는 교실 문을 닫고 운동장으로 힘껏 달렸다. 차가운 바람이 훈이 얼굴을 때린다. 책가방을 놀이터에 던져놓고 미끄럼을 탔다.

"우리 형은 바보가 아니야!"

크게 소리를 쳐보았지만, 속이 후련하지 않다. 여기저기서 놀리는 아이들의 소리가 자꾸만 따라다니는 것 같다.

오늘 오후였다. 쉬는 시간을 알리는 종소리가 울리자, 훈이는 책가방에서 빵을 꺼내어 먹었다.

"후, 훈아! 히히 나 고, 고파 배."

불룩한 배를 먼저 교실 문으로 들이밀며 찬이 형이 들어왔다.

"후, 훈이가 누구지?"

"저 유보(유명한 바보)가 왜 우리 교실에 오는 거야?"

탐정 같은 눈빛으로 아이들이 사방을 두리번거렸다. 순간 훈이는 얼굴이 빨간 벙어리장갑처럼 붉어져 왔다. 형아 눈을 피해 책상에 머리를 숙였다.

"후, 훈아, 고파 고파 빵 줘!"

일은 벌어졌다. 형이 훈이 책상으로 오고 말았다.

"세상에! 훈이 형이래. 저 유보가……."

모든 아이들이 동시에 훈이를 보았다. 훈이는 부끄럽기도 하고 화가 많이 났다.

"그래, 우리 형은 바보다! 어쩔래?"

훈이는 자리에서 벌떡 일어나 소리쳤다.

"바보 동생 주제에 큰소리는."

평소 훈이와 사이가 나쁜 명수가 훈이를 비웃었다.

"나쁜 자식!"

훈이는 명수의 옷자락을 잡아 교실 바닥에 넘어뜨렸다.

"이 자식이."

넘어졌던 명수가 다시 일어나 훈이를 밀었다.

"퍽!"

훈이가 세게 명수의 코를 쳤다. 명수 코에서 피가 흘러나온다.

"무슨 일이니?"

선생님이 달려왔다.

"김훈, 그렇게 안 보았는데 못 쓰겠구나. 복도에 나가 손 들고 있어!"

"서, 선생님……."

훈이는 고개를 푹 숙이며 복도로 나갔다.

'선생님은 알지도 못하시면서.'

훈이는 억울하고 속상해서 눈물이 났다.

"후, 훈아."

선생님의 등장에 놀란 형이 자기 교실로 갔다.

한참의 시간이 흘렀다.

"띠~"

수업 마치는 종소리가 울렸다.

"김훈, 오늘 벌로 교실 청소하고 가거라. 청소하면서 네가 무엇을 잘못했는지 반성해라. 아, 그리고 내일 어머니 모시고 학교에 오너라."

종례를 마치고 나온 선생님이 훈이를 보며 말했다.

"서, 선생님 우리 엄마는……."

훈이는 말을 하려다 말문이 막혔다. 칠천도 섬으로 새로 전근 오신 선생님은 훈이 집 사정을 모르나 보다.

선생님이 나가자 반 친구들이 우르르 교실을 빠져나갔다.

"고생 좀 해봐라."

명수가 약을 실실 올리며 나갔다.

"나쁜 자식!"

훈이는 미끄럼틀을 떠나면서 중얼거렸다. 낮에 있었던 일들을 생각하니, 반 아이들이 모두 밉기만 하다.

흙먼지를 실은 바람이 한 차례 훈이 얼굴을 후려쳤다. 날이 제법 어둑어둑해졌다. 훈이는 몹시 추웠다. 배도 많이 고팠다. 마을버스도 타지 않고 힘없이 터덜터덜 집으로 향했다. 대문이 열려 있었다. 훈이가 좋아하는 참치 김치찌개 냄새가 났다.

"이 녀석, 왜 이제 오는 거야? 형아 혼자 오게 하고."

앞치마에 물기를 닦으며 아빠가 다짜고짜 야단을 쳤다. 훈이는 대답도 없이 방으로 들어갔다. 스위치를 켜지 않고 이불이 깔린 아랫목에 손을 넣었다. 따뜻한 기운이 손으로 퍼졌다. 언 손이 녹는지 찌릿찌릿했다.

"손 씻고, 밥 먹어!"

못처럼 날카로운 아빠 목소리가 훈이 가슴을 베는 것 같았다. 훈이는 서러워 펑펑 울고 싶었다.

'아빠는 맨날 형아만 생각하고……'

훈이는 아빠 때문에 속상하기만 하다. 훈이 뺨으로 뜨거운 눈물이 한없이 흘러내렸다.

'엄마~'

훈이는 이 세상에 없는 엄마 생각이 간절하다.

눈물을 닦고 훈이는 아침에 입은 옷 그대로 말없이 집을 나왔다. 등대가 있는 곳으로 하염없이 걸었다. 모래사장에는 아무도 없었다. 낮에 아이들이 쌓아놓은 모래성이 보인다. 등대는 여전히 빛을 바다로 보내고 있었다. 매서운 바람만이 선창가를 맴돌고 있다. 바람이 훈이 뺨을 한 차례 때렸다. 훈이는 호주머니에 손을 넣고 두리번거리다 낡은 배 옆에 웅크리고 앉았다. 잠이 몰려왔다. 귀가 빨개지고 온몸에 열이 났다. 훈이도 모르게 두 눈이 사르르 감겼다.

"꼬르르 꼴~"

바닷물이 잠든 훈이를 잠기게 했다. 훈이의 코와 귀로 바닷물이 들어왔다.

"악!"

잠에서 깨어난 훈이는 놀라 발버둥을 쳤다. 몸이 물속에 잠겼다. 물이 모래사장 가득 차오른 것이다. 수영을 못하는 훈이는 물속에서 배가 뒤집어진 벌레처럼 바동거렸다. 바닷물이 훈이 입으로도 들어왔다. 훈이는 점점 물속으로 가라앉았다.

"후, 훈아!"

어느새 왔는지 형아가 물속으로 뛰어들었다. 형아는 허우적대는 훈이 팔을 잡고 배가 묶여 있는 선창으로 올라갔다.

"형!"

훈이는 추워서 오들오들 떨었다.

"후, 훈아 아, 아파?"

"형, 미안해 내가 잘못했어. 흑흑……."

훈이는 눈물을 뚝뚝 흘렸다.

"형아, 미안해! 형아 때문에 엄마가 돌아가신 것도 아닌데 형아 미워해서… 엉엉."

훈이는 형 품에 안겨 소리 내어 울었다.

"너희들 여기서 뭐하니? 이 추운 겨울에 물에 빠진 거니?"

바닷가 순찰을 돌던 해양경찰 아저씨가 훈이를 보며 말했다.

"아니, 대양호 선장집 훈이 아니니? 니 아빠가 너랑 형아를 얼마나 찾은 줄 아니?"

"아, 아저씨……."

훈이는 형아 손을 잡고 일어났다.

"추, 추워 옷 입어."

형아가 잠바를 훈이에게 주었다. 훈이는 형아를 보며 피식 웃었다. 먹을 것 있으면 혼자 먹겠다고 소리치던 형아가 오늘따라 의젓해 보였다. 훈이가 걱정이 되어 따라왔나 보다.

"녀석, 단단히 잠이 들었나 보구나. 그렇게 방송을 했는데도 모르고. 어서 가자! 너희 형 아니었으면 얼어 죽을 뻔했네. 역시 아파도 형은 형인가 보다. 네 아빠 기다리신다. 빨리 가자꾸나."

"찬아, 훈아!"

어둠 속에서 아빠 목소리가 떨렸다.

"아빠!"

훈이가 아빠 품에 안기어 울었다.

"녀석들, 오늘 같은 일 한 번만 더 있게 해봐라. 아빠가 가만히 두지 않을 거다. 너희들 없으면 이 아빤 어쩌라고 이렇게 걱정하게 만드니?"

"아빠, 죄송해요. 앞으로 절대 안 그럴게요. 그리고 형아 미워하지 않을게요."

훈이는 콧물을 훌쩍훌쩍거렸다.

"그래, 집에 빨리 가자구나. 감기 심해지기 전에."

아빠가 타고 온 오토바이에 형아랑 훈이가 올라탔다.

"아빠 허리 꼭 잡아!"

"네, 아빠!"

훈이는 힘껏 아빠 허리를 잡았다. 훈이 뒤의 형아도 훈이 허리를 꼭 껴안았다.

"자, 그럼 출발한다!"

부릉부릉 오토바이가 출발했다. 갯바람이 세 사람의 머리카락을 휘가른다. 비릿한 갯내음이 좋기만 하다. 캄캄한 바다를 등대가 여전히 비추고 있다. 바다 건너 숫돌배미산도 한 마리 고래처럼 잠이 들었다.

푸푸는 왜 여행을 결심했을까요?

꼬마 어룡 푸푸

옥녀봉 깊은 골짜기 골애마을 밑 소하천에 호기심이 아주 많은 꼬마 어룡 푸푸가 살았다. 오늘도 푸푸는 엄마 품에 안겨 궁금한 것을 물어본다.

"엄마, 엄마 우리 조상은 어떤 분이세요?"

푸푸는 긴 목을 쑥 빼고 엄마를 보았다.

"애야, 우리 조상은 이름 있는 어룡 가문의 엘라스모사우루스란다. 옛날에는 멋진 네 다리로 걸어 다녔단다. 푸른 들판을 마음껏 달리며 살았지."

엄마 어룡은 눈을 감고 그때를 생각하는지 참 행복해 보였다.

"우와! 정말요?"

푸푸는 신기해서 소리를 질렀다.

"그럼, 네 이름도 초원의 푸름을 따 '푸푸'라고 지었단다. 네가 어른이 될 때쯤이면 그때처럼 초원을 달릴 수 있을지……."

방금 전까지 행복해 보였던 엄마 어룡의 얼굴에 그림자가 졌다.

"그렇게 아름다운 곳에 화산이 폭발했단다. 우리가 살던 땅은 물속으로 가라앉고 말았지. 그때 많은 어룡들이 죽었단다. 이곳에서 살아남기 위해 우리의 다리는 없어지고 지느러미가 생겼지."

"엄마, 정말 그런 곳에 사셨나요?"

"그랬지. 하지만 지금은…… 언제 무슨 일이 있을지 모르니 항상 준비를 해두어야 한단다."

"네, 엄마."

궁금한 점을 참지 못하는 푸푸가 또 말했다.

"엄마 고향을 어떻게 하면 볼 수 있나요?"

"글쎄, 여행을 많이 한 귀신고래의 얘기를 들으니 땅 위의 나라로 가면 우리가 살았던 고향과 비슷한 곳이 있다고 했어. 다시 그곳을 볼 수 있으면 얼마나 좋을까?"

엄마 어룡은 다시 꿈을 꾸듯 행복해 보였다.

'그래, 엄마의 소원을 들어주어야지!'

푸푸는 밤새 고민을 하다 아침 일찍 먼 땅 위의 나라로 가기로 결심했다. 새벽이 되자 푸푸는 엄마 몰래 집을 빠져 나왔다.

'엄마, 금방 갔다 올게요.'

푸푸는 문밖에서 살짝 인사를 하고 나왔다. 가도 가도 바다의 끝은 보이지 않았다.

'아, 정말 힘들다. 괜히 나왔나?'

푸푸는 지치고 힘들었지만 여행을 멈출 수 없었다. 그렇게 몇 시간을 헤엄쳐 바다 끝에 도착했다.

'어디?'

푸푸는 긴 목을 들어 바다 위를 보았다. 캄캄한 밤이라 어디가 어디인지 알 수가 없었다. 그때 밝은 달이 잔잔한 바다를 비추어주었다.

'우와!'

푸푸는 바다에서 야광 빛을 내는 수많은 물고기를 보았지만 이렇게 환한 빛을 내는 것은 처음 본다.

"너는 무슨 물고기니?"

푸푸가 달님을 보며 말했다.

"호호호, 나는 물고기가 아니라 달이라고 한단다. 너는 누구니?"

달님이 웃으며 물었다.

"나는 엘라스모사우루스야. 어룡이지."

"어머, 그래? 오늘 밤 공룡나라 축제가 있다고 하더니 그곳에 가려고?"

"그냥……."

푸푸는 고개를 갸웃거렸다.

"그래? 이곳에서 조금만 가면 고성이라는 산에 너랑 닮은 공룡들이 모여 시합을 한단다. 그 시합에서 이기면 어떤 소원이든지 들어준다고 해."

"정말? 그곳이 어디인지 가르쳐줄래?"

"그럼, 이곳에서 그리 멀지 않아. 여기서 서쪽으로 조금 걸어가면 보인단다."

달님은 빛 손가락으로 비추어주었다.

"고마워!"

푸푸는 땅 위로 올라왔다. 지느러미로 걸으니 너무 힘들었다.

'끙끙끙.'

푸푸는 힘을 내었다.

"빵! 빵! 빵!"

이상한 물체들이 빠르게 달리고 있었다.

'이곳에는 무서운 물고기들이 많구나?'

푸푸는 자동차들이 무섭게 달리자 겁이 났다. 한참을 가다 아주 큰 삼각형이 서 있는 것을 보았다.

'우와, 달님이 말하던 곳이구나?'

푸푸는 산 한가운데서 빛을 내는 아주 큰 공룡을 보았다. **'공룡나라에 오신 걸 환영합니다.'** 라는 커다란 글자도 반짝였다. 그 공룡이 내는 발자국도 황금빛으로 반짝였다. 그런데 이상하게 몸 전체가 다 보이지 않았다. 푸푸는 신이 나 산 가까이 갔다.

"넌 어디서 왔니?"

어디선가 예쁜 목소리가 들렸다. 푸푸는 소리가 나는 쪽을 바라보았다.

"나야!"

분홍색 몸에 노랑 핀을 한 공룡이 말했다.

"응, 나는 물속나라에서 왔어."

푸푸가 반갑게 말했다.

"그랬구나. 너도 공룡나라 축제에 참가하기 위해 왔니?"

"응, 소원을 들어주는 시합이라고 해서……."

푸푸가 말끝을 흐렸다.

"어머, 그랬구나. 나도 참가 선수야, 함께 가자!"

분홍 공룡은 푸푸의 손을 잡고 앞장을 섰다.

"자, 여러분 동이 트기 전에 고성산 꼭대기에 올라가서 횃불을 밝히는 공룡이 우승자가 됩니다. 모두 한 줄로 서주시기 바랍니다! 이번 시합에서는 날개로 날아가거나 다리로 뛰어가면 실격입니다. 모두 몸을 엎드린 채로 기어서 가는 것이 원칙입니다. 그리고 여기 준비한 준비물을 꼭 챙겨가세요."

키 큰 익룡 할아버지가 날개를 파닥이며 말했다. 푸푸는 떨려 입술이 자꾸만 말라왔다. 다섯 명의 선수 공룡들이 그어진 선에 서서 출발 신호를 기다렸다.

"탕!"

익룡 할아버지의 신호 소리에 모두들 엎드려 기기 시작했다. 모두 먼저 가버리고 푸푸는 뒤늦게 준비물을 챙기느라 혼자 뒤로 처졌다.

"힘을 내! 친구야."

언제 왔는지 달님이 환하게 길을 밝혀주었다. 푸푸는 달님의 도움을 받아 힘들게 꼭대기로 향했다.

"그래. 잘했다. 한 걸음 더……."

엄마의 목소리가 들리는 듯하다. 푸푸는 마음만 조급해질 뿐 산꼭대기와는 점점 멀어지는 것 같았다. 마음이 자꾸만 초조해졌다.

"조금만 힘을 내자. 난 할 수 있어. 포기하지 않으면 1등을 할 수 있을 거야."

푸푸는 지치고 힘들었지만 엄마에게 줄
선물을 위해 오직 일등만을 생각했다.

"헉. 헉. 엄마. 이젠 지쳤어요!"

푸푸는 포기하고 싶은 생각이 들었다.

"아니야. 한 번만 더 힘을 내보자."

다시 힘을 내었다. 새벽이 다 되어가는데 산꼭대기에
는 아무도 횃불을 켜지 않았다. 급하게 일, 이등을 다투던
꼬마 익룡들이 싸우다 산비탈로 굴러 떨어졌다. 익
룡들의 싸움에 일등이 자기 거라 좋아하던 파
란 공룡도 그만 미끄러져 벼랑으로 떨어졌
다. 사고 소식을 들은 구조대 공룡들
이 선수들을 구하러 갔다.

"악!"

친구들의 사고에 분홍 공룡은 무서워 벌벌 떨었다.

"아니야, 힘을 내자!"

분홍 공룡도 마음을 가다듬고 다시 산꼭대기 목표 지점을 향했다.

"우와, 이제 다 왔네."

기쁨에 찬 분홍 공룡은 불을 켜기 위해 주머니를 뒤졌다.

"어, 이상하다? 분명 챙겨왔는데."

아무리 찾아보아도 성냥이 보이지 않았다.

"으아앙!"

분홍 공룡은 그만 울고 말았다.

"무슨 일이니?"

겨우 도착한 푸푸가 말했다.

"응, 준비물을 잊어버렸어. 너는?"

"보자."

푸푸는 꽁꽁 챙겨두었던 준비물을 꺼냈다.

"야, 네가 일등이구나! 어서 불을 밝혀!"

분홍 공룡이 손뼉을 쳐주었다. 푸푸는 성냥을 꺼내 꼭대기에 불을 밝혔다.

'반짝 반짝!'

환한 빛이 나자 고성산 꼭대기에 멋진 황금 공룡의 모습이 완성되었다.

"엄마, 나 해냈어! 조금만 기다려요."

푸푸는 하도 좋아 큰 소리로 엄마를 불렀다.

'엄마, 나 해냈어! 조금만 기다려요.'

멀리 맞은편 산에서 메아리가 푸푸의 말을 따라 했다.

공룡나라에 오신 걸 환영합니다

글자가 반짝반짝 별처럼 빛난다. 마침내 전체의 모습을 드러낸 황금빛
공룡이 환하게 고성산을 비추고 있다.

마루는 왜 아기 새들을 잡아 먹지 않았나요?

마루와 우레

옥녀봉 골짜기 밑에 아주 큰 한실마을이 있다. 이 마을에 대곡사라는 절간이 한 채 있었다. 아무도 없는 이 절간에 들고양이 부부가 살았다. 암고양이 마루는 아주 나쁜 버릇이 있다. 강가에서 돌아올 때마다 둥지를 비운 새의 알을 훔쳐왔다.

"당신, 또……."

수고양이 우레가 걱정을 해도 마루는 또 웃으며 아양을 떨었다.

"이번만 먹고 수행할게요. 약속해요."

"쯧쯧, 언제까지……."

우레는 발톱을 세우다 달랑거리는 풍경을 한번 보고는 감나무 위로 올라갔다.

"……."

우레는 모든 잡념을 잊고 수행을 했다.

"어이그, 저 양반은 왜 저렇게 고지식할까? 고양이가 육식을 해야지. 언제까지 나무 열매만 먹고 사나. 그런다고 주지 스님처럼 해탈하는 것도 아니고."

마루는 우레가 나가자 훔쳐온 알을 짚이 널려 있는 곳에 두었다.

"어서 어서 깨어나거라."

마루는 좋아서 흐뭇한 미소를 지었다.

"안 되겠다, 짚을 더 덮어줄까?"

마루는 조바심을 내며 짚을 들고 알이 있는 곳으로 갔다.

"하나 둘 셋……."

마루는 알이 잘 있나 세어보았다.

"찍이직!"

그때 갑자기 알을 깨고 아기 새가 나왔다.

마루는 놀라서 뒷걸음쳤다.

"삐, 어, 엄마!"

알에서 깨어난 아기 새가 마루를 보고 웃었다.

"앵?"

마루는 황당해서 두 눈이 동그래졌다.

"삐, 어, 엄마!"

아기 새가 우렁차게 말했다.

"나, 나는 네 어, 엄마가……."

마루는 말끝을 흐렸다. 아기 새가 엄마라고 하자 왠지 기분이 좋았다.

"찍이직!"

하나 둘 셋 넷, 무려 다섯 마리의
아기 새들이 알에서
나왔다.

"어떻게 하지? 지
금 바로 먹을까 나중
에 더 키워서 먹을까?"

마루는 고물고물한 아
기 새를 보고 갈등을 했다.

"그래 조금 더 키워서
먹어야지."

마루는 결심을
했다.

캄캄한 밤이 되
자 우레가 돌아

왔다.

"여보, 이번만……."

마루가 우레를 보며 말했다.

"당신, 절대 이 아기 새를 먹으면 안 되오. 그것은 살생이오. 지금까지 공 들였던 일들이 수포로 돌아가오."

"알았어요."

마루는 머리가 복잡해서 털이 곤두섰다.

"여보, 그러지 말고 딱 한 마리만 먹으면 안 될까요?"

마루가 우레에게 사정을 또 했다.

"절대 안 되오. 만일 약속을 지키기 않으려면 이곳을 떠나시오. 다른 들 고양이처럼 자유롭게 사시오."

우레는 마루에게 신신당부를 하고 잠을 잤다.

"아이고, 알았어요."

마루는 마지못해 약속을 했다.

다음날 아침이 되었다.

"어, 엄마 밥 줘!"

아기 새가 마루를 보며 밥을 달라고 했다.

"어떻게 하지?"

마루는 어제 따온 홍시를 아기 새에게 주었다.

"싫어 싫어."

아기 새가 울며 홍시를 밀어냈다.

"아가야, 착하지?"

마루가 아무리 홍시를 내밀어도 아기 새는 고개를 저었다.

"엄마 엄마! 맛난 벌레 주세요."

아기 새가 작은 입을 벌리며 소리쳤다.

'이것이, 또 억지를 부리면 그냥 먹어버릴까 보다.'

마루는 귀찮아서 솔깃한 생각이 들었다.

"엄마 엄마 밥 주세요!"

또 다른 아기 새들이 한꺼번에 소리쳤다.

"그래 그래, 알았다."

하는 수 없이 마루는 아기 새들을 위해 강가로 벌레 사냥을 갔다.

"엄마, 엄마 더 주세요."

아기 새들은 서로 먹이를 먹으려고 입을 더 크게 벌렸다.

"어휴. 힘들어. 내가 지금 무슨 짓을 하고 있는 거야."

마루는 한숨을 지었다.

"얼마나 아름다운 모습이오."

수행하다 돌아온 우레가 아기 새들을 보며 웃었다. 저녁이 되자 그렇게
보채던 아기 새들은 오종종 모여 잠이 들었다.

'아이고 이쁜 녀석들.'

마루도 왠지 모를 뿌듯함이 들었다.

여러 날이 지나 아기 새들이 걸어 다닐 수 있었다.

'그래, 아기 새들과 함께 사는 거야. 처음 수행할 때의 마음으로 돌아가자.'

마루는 여러 날 고민하다 결론을 내렸다.

화창한 날, 마루는 아기 새들을 데리고 근처 배추밭으로 갔다. 오늘은 배추벌레 잡는 법을 직접 가르치기 위해서다.

"잘 봐. 엄마가 하는 대로 해."

마루는 발톱을 들어 벌레를 잡았다.

"엄마, 안 돼요."

아기 새들이 고양이 엄마를 따라 발로 벌레를

잡아보았지만 실패했다.

　"어휴, 힘들어. 아이들 교육 시키는 게 이렇게 힘들 줄이야."

　그날 저녁 마루는 아기 새들 때문에 속이 상해 앓아누웠다.

　며칠이 지나 마루는 아기 새들을 데리고 다시 배추밭으로 갔다.

　"얘들아, 오늘은 엄마가 흙으로 목욕을 시켜줄게."

　마루는 차례로 아기 새들에게 흙 목욕을 시켰다.

　"다 되었다, 이젠 땅을 파는 법을 가르쳐줄게."

　"엄마를, 잘 봐!"

　마루는 발가락으로 팍팍 땅을 팠다. 그리곤 아기

새들에게 차례차례 해 보라고 했다.

　"까~악!"

느티나무 뒤에 숨어 있던 들고양이가 막내를 물고 달아났다. 아기 새들이 차례로 비명을 질렀다. 아기 새들의 비명을 듣고 우레가 달려왔다.

"아빠, 저기 좀 보세요. 검은 고양이가 막내를 물고 느티나무 위로 올라갔어요!"

"첫째가 소리쳤다.

"그래, 아빠가 가서 구해오마."

우레가 폴짝 뛰어 느티나무로 올라갔다.

"우리 아이를 내놓아라!"

우레가 큰 소리로 말했다.

"어림없는 소리."

"어서 우리 아이를 내놓아라!"

우레가 소리쳤다.

"야, 웃기지 마라. 날짐승이 어떻게 위대한 들고양이의 새끼가 될 수 있냐? 들고양이면 들고양이답게 행동해!"

"이 세상에 태어난 동물은 다 평등한 거야. 누가 더 높고 낮다고 할 수 없어."

우레가 낮게 말했다.

"깔깔깔, 웃기지 마라. 다 자기 영역이 있는 거야. 니네 부부가 고양이 체면을 깎고 있다고 해서 오늘 본때를 보여주기 위해 왔다. 각오해라."

들고양이는 물고 있던 아기 새를 내려놓고 우레에게 덤벼들었다.

한참 만에 싸움이 끝났다.

"여보,"

마루는 두 고양이가 쓰러져 있는 곳으로 가 보았다. 얼마나 치열한 싸움이었는지 핏자국이 낙엽에 묻어 있고 털이 뒹굴고 있었다.

"여보!"

마루가 아무리 불러도 우레는 깨어나지 않았다.

"지독한 놈."

상처 입은 들고양이는 쓰러진 우레를 쳐다보더니 깊은 숲 속으로 가버렸다. 우레가 있던 자리가 핏빛으로 물들었다.

"엉엉엉."

마루는 죽은 우레를 안고 울었다. 아기 새들도 울었다. 숲이 잠시 흔들렸다. 마루는 우레를 안고 집으로 돌아왔다.

"여보, 부디 좋은 곳으로 가세요."

마루는 우레가 수행하던 감나무 밑에 우레의 주검을 묻었다.

"엄마 엄마, 이제 아빠를 볼 수 없나요?"

아기 새들이 물었다.

"아니야, 아빠는 멀리 여행을 떠나셨단다. 많은 시간이 지나면 좋은 곳에서 꼭 만날 거야."

마루가 조용히 아기 새들을 보며 말했다.

'달랑달랑~'

저녁이 되자 감나무 가지에 매달린 홍시 하나가 바람에 흔들린다. 달빛이 홍시를 비추었다.

"엄마 엄마, 홍시에 불이 들어왔어요!"

아기 새들이 모두 합창을 했다.

감나무 가지 끝에 매달린 홍시에 빨간 등불이 켜지자 아기 새들의 뺨에도 별빛이 들었다.